MW00770064

El sueño de Venecia

Paloma Díaz-Mas

El sueño de Venecia

EDITORIAL ANAGRAMA
BARCELONA

Para la redacción de este libro, la autora disfrutó de una ayuda a la creación literaria concedida por el Ministerio de Cultura en 1990.

Diseño de la colección:
Julio Vivas
Ilustración: detalle de «Mariana de Austria», Velázquez, Museo del Louvre, París

Primera edición en «Narrativas hispánicas»: noviembre 1992
Primera edición en «Compactos»: junio 2002

© Paloma Díaz-Mas, 1992

© EDITORIAL ANAGRAMA, S.A., 1992
Pedró de la Creu, 58
08034 Barcelona

ISBN: 84-339-6723-1
Depósito Legal: B. 24786-2002

Printed in Spain

Liberduplex, S.L., Constitució, 19, 08014 Barcelona

El día 2 de noviembre de 1992, *El sueño de Venecia* fue galardonada con el X Premio Herralde de Novela por un jurado compuesto por Félix de Azúa, Salvador Clotas, Juan Cueto, Luis Goytisolo, Esther Tusquets y el editor Jorge Herralde.

Para los que vivieron allí conmigo.

Vi entonces aparecer ante mis ojos una Doncella de peregrina hermosura, aunque ciega. Guiábala un Viejo venerable, el cual en su mano izquierda portaba un cedazo. Apenas hubieron llegado a la ribera del río de la Historia, cuando la Doncella se inclinó muy graciosamente y a tientas comenzó a tomar grandes puñados de las arenas de oro que allí había, y a echarlas en el cedazo con mucha diligencia; y el Viejo cernía aquella arena como quien ahecha. Mas como el oro era menudo y la criba gruesa, íbasele el oro por el cedazo al río y tornaba a perderse en las aguas, mientras que él se quedaba sólo con los gruesos guijarros que entre la arena había, los cuales guardaba en su zurrón como cosa de mucha estima.

Demandé al Desengaño, mi guía, cuál era el enigma de aquella vista, y él me respondió con muy gentil y grave continente:

—Has de saber que esta Doncella, tan hermosa como desdichada, es la Verdad; a la cual los dioses, allende la crueldad de hacerla ciega, diéronla otra grave pena, y es la de no ser nunca creída; testigo de lo cual es aquella profetisa Casandra, que cuanto mayor verdad profetizaba menos era creída por los de Troya. Mas porque no se despeñase ni desapareciese del todo del mundo, otorgaron los dioses a la Verdad ese viejo como destrón, el cual es el Error, que nunca se separa un punto de ella y siempre la guía. El cedazo que lleva es la humana Memoria, que, como criba que es, retiene lo grueso y deja escapar lo sutil.

ESTEBAN VILLEGAS,
República del Desengaño,
Sevilla, 1651

I. CARTA MENSAJERA

Yo, señor, nací, como quien dice, en la calle corredera que llaman de San Pablo y en ella crecí mis primeros años. Por el santo de la calle bautizáronme Pablo y con el correr del tiempo diéronme todos en llamar Pablillos y apellidar de Corredera por andar yo siempre en ella; y hasta hoy los que me conocen llámanme Pablillos de Corredera los que poco honor me hacen, y Pablo a secas los que me tratan como a hombre de bien.

Por esto conocerá vuesa merced que no he sabido qué cosa era tener padre ni madre, que nací como del aire y del aire y en el aire he vivido mis días. Quiénes pudieron ser los que me echaron al mundo nunca lo he sabido ni ahora curo de lo saber: sólo sé que a él me echaron, que no puede decirse que en el mundo me pusieron ni me colocaron, sino que propiamente me arrojaron a él y caí donde a Dios plugo.

De chiquitillo gustaba de pensar que habría sido mi madre alguna señora de calidad que, por encubrir una deshonra, me abandonaría como luego contaré; y hasta a veces me gozaba pensando que quizás era hijo de reyes: vea vuesa merced qué simple necedad la mía −o, por mejor decir, la del muchacho que fui−, pues qué se le da al hombre ser hijo de reyes si nace y vive como hijo de mendigos; y, si mejora en su estado, ¿qué cuenta le hace venir de príncipes o de ruines, si él se huelga y come y bebe como si príncipe fuera?

Aunque nada sé de mi padre y madre, sí sé cuál fue la primera persona que amorosamente me tomó en sus brazos. Llamábase don Luis de Chacón y de él es el nombre casi el único recuerdo que tengo; su cara apenas la vi dos o tres veces y no tengo de ella sino una mancha en la memoria: parecióme rubio y mostachudo, mas no podría asegurarlo. De su talle sé algo más: era muy alto —o así parecíamelo a mí cuando era yo chico— y se preciaba de pulido; llevaba —que parece que ahora la veo— una muy rica cadena de oro al cuello. Con él hablé no más de dos veces, o mejor hablóme él a mí, que yo de asustado y vergonzoso de verme ante él, como niño que era y poco usado a andar entre personas de calidad, nunca supe decirle nada. Visitóme tres o cuatro veces en el hospital de pobres del Refugio y la Piedad, donde por su intercesión estaba yo recogido y donde pasé los primeros años de esta mi vida terrena.

Allí habíanme contado muchas veces cómo ocurrió el caso de mi hallazgo, que todos lo sabían. Sucedió que don Luis de Chacón, que a más de noble y rico era caritativo y piadoso, salió una noche como solía a hacer la ronda de pan y huevo con la Hermandad del Refugio y la Piedad, de la que era muy estimado socio. Iba delante un criado con un farol encendido alumbrando las oscuras calles, y detrás los tres o cuatro caballeros que hacían la ronda aquella noche, con sus espadas al cinto por lo que pudiera pasar, y más atrás los dos criados llevando las grandes cestas con los pedazos de pan y los huevos cocidos para dar a los menesterosos que hallaran durmiendo mal acogidos en las calles −costumbre piadosísima que aún hoy dura− y, ya de vuelta para el hospital del Refugio de donde habían salido con las cestas llenas y volvían casi vacíos, oyeron como un vagido de animal chico. Pararon el oído y unos decían ser aquello maullido de gato, y otros crujido de algún postigo mal cerrado, y otros llanto de criatura. Mandó don Luis al criado que iluminase hacia la parte de donde el ruido venía, y no hallaron gato ni postigo, sino un mal envuelto hato de ropas y telas de fardel y en el interior un niño recién nacido y casi muerto del hambre y del frío. Tomóme don Luis en sus propios brazos −que de piedad que tenía no consintió que me tomase algún criado− y llevóme al hospital del Refugio que en tiempos llamaron de portugueses y hoy es de alemanes, dejando una limosna para que allí fuese criado.

Pasóse mi infancia primera como imaginarse puede: amamantéme según cuentan de la leche de una infeliz moza de dieciséis años que en el hospital, sola de todos, había malparido una criatura que nació muerta. Imagínome que para ella fue alegría y consuelo tenerme en los brazos. Yo no me acuerdo de ella, porque o murió o marchó antes que yo pudiera darme cuenta. Todos mis primeros años son como de humo, que se sabe que existe pero ni se palpa ni se conoce cuál sea su forma y tamaño.

Los primeros recuerdos de mi infancia son de mis brincos y juegos en las salas y corredores del hospital. Conocíanme los enfermos, llamábanme los dolientes, brincábanme los miserables. Eran mis juguetes las vendas y las bacinillas; los sudores de la fiebre y los humores corrompidos de la enfermedad, mi primer sahumerio; cinco años o más comí la sopa de los pobres dolientes allí recogidos y con cuatro puñados de gachas, algo de pimentón, un hueso de vaca, un puñado de sal y mucha agua de la fuente adobábase allí pitanza para veinte. Estaban los enfermos de dos en dos y de tres en tres en las camas, y yo enredando entre ellos, y sucedía a veces en la sala de las mujeres estar en una misma cama una vieja agonizando y una moza pariendo y yo, niño de cuatro o cinco años, jugando a las tabas delante. Díjele una vez a una que paría: «Ahora la criatura va a salir a jugar a las tabas conmigo», y parió al punto y fue muy comentado el caso. Usábanme algunos como nómina o amuleto, que creían en su simpleza que el tenerme cerca les aliviaba algo de sus dolencias, y yo creo que no hacía sino alegrarles el corazón con la gracia de los pocos años.

Murió joven don Luis de Chacón –era yo niño de cinco o seis años– y aún tuviéronme en el hospital un tiempo. Mas como no hubiese dejado manda para mi mantenimiento –que por haber muerto súbito y sin testar no había prevenido en su muerte lo que curó hacer en vida–, tratóse a poco de mi situación y no sé qué hablarían o qué dirían los señores de la Hermandad, mas un día un enfermero del hospital, poniéndome en las manos un hato con lo poco que tenía, encomendóme a un pintor italiano de los que a la sazón pintaban la cúpula de la capilla real de San Antonio, que estaba entonces recién hecha y lindaba con el hospital. Y diciéndome que aquel era mi amo y que desde entonces miraría él por mí, dejáronme con él solo.

No era mi amo de los pintores grandes y nombrados, de los que con vanidad y no poca soberbia llegábanse a la obra de la iglesia de cuando en cuando, extendían sus bocetos sobre un tablero de borriquetas, hacían dos esbozos en el muro, daban cuatro órdenes a los oficiales, echaban tres gritos a los que a su juicio habíanlo hecho mal y marchábanse en coche como si estuviesen de prisa. Sino que su oficio era menestral de la pintura y artesano de los colores, de aquellos que con no poco peligro trepaban al andamio, subíanse a las cumbres y colgábanse de los lunetos para dar cuatro pinceladas grises de nube sobre un cielo azul; su habilidad mayor era rellenar de púrpura y cobalto los mantos y túnicas de los santos, en cuyos brillos y pliegues era extremado; no hacía mal el dorado de los cabellos ni la miel de los rayos del sol saliente; pero con nada gozaba tanto ni se vanagloriaba más de su destreza que pintando plumas de alas de los ángeles. Para su oficio usaba de la brocha, la esponja, los paños y hasta los dedos y las palmas de las manos, pero pocas veces vile usar del pincel, que la burda apariencia de las figuras que le encomendaban no lo requería. Jamás vi que pintara rostro ni que esbozara gesto, que esas labores delicadas eran las que hacían los pintores de coche, toquilla de puntas y jubón alcarchofado.

Ayudábale yo trayendo y llevando los pobres pertrechos de su oficio, haciendo de aguador y cantinero para él y otros ruines que en la cúpula laboraban abrasándose en verano con la calor del mucho sol que daba en el cercano tejado, helándose en invierno con las ráfagas de aire frío que se colaban por tribunas y lunetos, que aún estaban las luces sin cubrir. Cuando ya fui más usado comencé a molerle los colores y mezclarle las tierras, con lo que aprendí de las apariencias del mundo, y cómo de cosas tan de poco fuste como son tierras, aceite, huevos y cal pueden salir los más ricos mantos de terciopelo, las sedas más brillantes, los rayos del sol o incluso la grandeza de Dios. Comenzó también a dejarme subir a los andamios y a veces a pintar las partes pequeñas y escondidas a las que apenas podía alcanzar un hombre, pero donde yo entraba por ser muy chico. Espantábame al comienzo de ver cómo las que se veían desde abajo figuras majestuosas de reyes santos, de doncellas mártires y de piadosos frailes no eran de cerca sino amasijo de borrones y mal trazadas líneas y cómo, en bajando de nuevo al suelo, tornábanse a convertir aquellas rayas informes en rostros delicados, aquellos nubarrones ásperos en sedas luminosas. Decíame mi amo: «Guarda, Paolillo, las apariencias del mundo; guarda cómo la belleza es borrón, la carne polvo de tierra disoluta, el bello gesto y las delicadas manos trazos sin forma, el blondo cabello polvo amarillo, la grana, tierra de labrar. De esta guisa es el mundo, que lo que lontano sembla bello y grande es de cerca bruto y ruin.» Y yo, aunque no entendía, guardábame estas cosas en mi corazón: que hasta la Santísima Trinidad era toda borrones.

Gustaba mi amo de contarme maravillas de su tierra —si es que así puede llamarse la que luego diré— con tantas patrañas y fábulas como no caben en romances; que yo, como niño, todo lo creía y de todo me maravillaba y todo me dejaba con la boca abierta como papamoscas. Para distraerme del frío de las noches de invierno y del calor de las siestas de verano mandábame echar a sus pies y, así los dos echados, principiaba el cuento de sus aventuras. Inventóse toda una ciudad para mi deleite —que hasta entonces nunca me habían regalado tanto, aunque fuese regalo de aire y de resuello, que no cuesta blanca–, pero no así como quiera, sino que la imaginaba para mí toda de jaspes y mármoles, con palacios que vistos de lejos parecían de puntas de randas o hechos de alfeñique y de cerca se mostraban de riquísimos alabastros blancos y de color de rosa seca. Lo más digno de espanto es que era ciudad sin calles; digo, que en vez de calles había ríos y en vez de plazas lagos y como callejones, canales. Como yo preguntara cómo hacían los habitantes de aquella ciudad para cruzar de un lado a otro de la calle, o para moverse por ella, respondíame sin vacilar que para cruzar las calles servíanse de puentes y no unas puentes cualesquiera, sino de mármoles labrados y que sobre sus balaustradas encaramábanse leones y unicornios todos de oro y que los días de fiesta esas puentes engalanábanse con muy ricas colgaduras y reposteros de velludo y de seda; y en cuanto a ir de una parte a otra de la ciudad, los ricos en vez de coches usaban unas barcas engalanadas, muy ricas, con un pabellón cubierto con cortinas como los de las sillas de manos de acá y un remero las guiaba con una pértiga, y los más pobres, de simples barquillas o de pequeños esquifes se servían y en ellos trasportaban las personas y las mercaderías. Demandábale yo muchas veces –que casi todas las noches le hacía repetir la patraña, sólo por el placer que me daba oírla– cómo hacían en aquella ciudad sin tierra para dar tierra a los muertos; y respondíame sin vacilar que la ciudad toda estaba sobre un archipiélago de islas, donde se asentaban los edificios, y que frente a esas islas había otra isla grande sin edificar, donde estaba el camposanto, de modo que frente a la ciudad de los vivos alzábase la ciudad de los muertos, y una a la otra se miraban; y que para llevar los muertos de la isla de los vivos a la de los difuntos se servían de una barca toda pintada y engalanada de negro y los que seguían al entierro iban en barcas negras también, por respeto del luto, y no parecía aquello sino flotilla de la Parca. Preguntábale yo si eran cristianos; decíame que por la mayor parte eran mercaderes y adoraban la cruz o también la cara, o vale decir que al dios de dos caras servían y daban pleitesía; pero que cristianos había, y muy buenos, y también turcos, judíos, berberiscos, tudescos, serbios, indios y de otras muchas naciones, y que cada uno rezaba a su dios y hablaba su lengua: ved qué nueva Babilonia. Y con la simpleza de los pocos años tomábalo todo yo por historia tan verdadera como el Evangelio.

En esta casi dicha estábamos cuando vino a quebrarse otra vez el hilo de mi fortuna. Que una tarde calurosa de agosto, como quisiera mi amo encaramarse al andamio para ultimar las ondas del mar en el milagro de los peces de San Antonio, que ya estaba casi hecho, bien sea que resbalara en la subida, bien que por la mucha calor le diera un vahído a la cabeza, despeñóse el triste y vino a dar con gran ruido en tierra. Acongojéme yo al verlo sin sentido, corrí a llamar a otros oficiales y entre todos, con gran alboroto y susto, lleváronlo al cercano hospital, donde el pobreto dio el ánima. Dios le haya en su gloria, que para mí fue el primer padre y maestro que tuve, el que por primer vez compartió conmigo su hambre y sus locas fantasías. No me dejó otro legado que mi soledad y desamparo por su falta, a más de un sueño que todavía hoy muchas noches me visita: que voy bogando en una chica barquilla por las calles de una ciudad, que son de agua, y arribo a una plaza toda de mármoles y cú-

20

pulas de oro, mas anegada por la mar y borrosa por la niebla.

Quedéme pues solo y desamparado, que en el hospital no quisieron volver a acogerme, y no tuve otra que ir vagando por las calles. Mi edad −que sería como de siete u ocho años− y pocas fuerzas me vedaban hacer de esportillero, como otros mozos pobres que trasteando de acá para allá hatos, cestos y serones se malganaban la vida; púseme a pedir a la puerta de la iglesia de San Martín, y echáronme a palos los pobres fijos que ya tenían los sitios repartidos. Hubiera querido robar, mas no sabía, que el honrado de mi amo no me había enseñado sino a mezclar colores y soñar ciudades de extraña curiosidad. De destrón de ciego no me quisieron tomar por ser yo demasiado menudo y bajo de estatura, de suerte que para poner su mano en mi hombro al cuitado del ciego érale menester inclinarse.

Ésta era mi triste vida cuando Dios, que aprieta pero no ahoga, vino en mi auxilio. Habíame yo echado a dormir una noche en un portal de un muy rico palacio de la calle que llaman de San Roque, frontero con las monjas benedictinas, cuando en mitad de la noche vino a despertarme un ruido de chapines que a trancas y barrancas hacían por correr calle arriba. Llegóse al palacio una muy gentil señora, alta de cuerpo sobremanera, vestida como de dama de calidad y toda tapada con un manto que cubríala de la cabeza a los pies; en la una mano llevaba un candilejo de aceite casi apagado por la carrera, y con la otra recogíase más de lo conveniente la saya y la basquiña, mostrando parte de unos tobillos y pies que, a la mala luz del candil, pareciéronme más grandes y robustos de lo que a una dama convenía. Maravillóme que no iba acompañada, sino toda sola y a aquellas horas en una noche oscura; y maravillóme más ver que se dirigía a la puerta del palacio y, sacando de entre sus galas una muy gruesa llave, abrió la puerta, saltó galanamente sobre mí que aún tendido y medio dormido estaba y acogióse al sagrado del zaguán, no sin antes chistarme y decir, con una voz algo tomada de la humedad de la noche: «Ce, muchacho, que si alguien te pregunta si viste a una dama correr por esta calle, sola y con un candil, dígasle que sí viste, y que tomó el camino de la calle de la Luna y no la viste más. Si tal haces, torna mañana y premiarte he.»

Con esto, cerró la puerta con un sigilo tal, que nadie hubiera dicho que un momento antes estuvo abierta, y yo quedé solo y espantado en la calle vacía. Mas aún no había tornado del susto cuando por la esquina de la calle del Pez aparecieron hombres corriendo, que conocí ser de la ronda, y un alguacil al frente que, con la espada desenvainada y la cara sudorosa, daba gritos de «Alto a la ronda».

Llegaron a mí los que corrían, preguntáronme en efecto por la dama, díjeles lo que me había mandado la tapada y ellos emprendieron la carrera rumbo a la calle de la Luna, dejándome otra vez solo y además maravillado.

Aguardé en el mismo portal a que se hiciera de día. Y apenas habían pasado los primeros aguadores, empinéme cuanto pude y toqué a la aldaba.

Tardáronme en abrir, señal de que la casa debía de ser grande; al cabo sentí pasos, cedió la puerta y asomóse a ella un criado soñoliento. Expliquéle el caso de la noche pasada, y cómo la tapada dama habíame prometido algún premio. Respondióme para mi desconsuelo que en aquella casa no había dama, ni dueña ni doncella, sino sólo un caballero soltero y muy rico, del linaje de los Ortiz de Zárate, que desde su tierra había venido a merecer a la Corte. Porfié yo en la historia de la tapada, nególa el portero y ya iba a darme con la puerta en el rostro cuando de adentro se oyeron voces que me parecieron de mi desconocida dama, diciendo que me franquearan la entrada y me hicieran pasar.

Hiciéronme atravesar el zaguán, adornado con ricos reposteros y armas antiguas, y pasáronme luego a un gabinete y de él a una alcoba igualmente bien aderezada. De allí había salido la voz que me llamaba, y que al principio tomé por la de la dama; mas en la bien mullida cama, entre sábanas de holanda y almohadas de pluma, no había mujer sino un joven caballero; no vestía sino una camisa blanquísima con cuello de puntas y aún llevaba puesto el gorro de dormir, del que pendía una borla roja de seda. Hízome pasar hasta el pie de su cama, preguntóme mi nombre e historia, díjome si tenía a quien servir y, como respondiera que no, demandóme que me quedase en su casa, hízose traer un albornoz de seda con que arroparse, alzóse del lecho, asentóse en una muy noble silla de brazos, hízome prometer que nunca más mentaría a la misteriosa dama y que en adelante haría como si nunca la hubiese visto, prometílo yo, entró el barbero, hízole muy cuidadosamente la barba y los bigotes, llamó a un criado, pulióle las uñas, trajéronle camisa limpia, jubón de raso, ropilla de velludo, calzas atacadas, zapatos muy estrechos a la moda (que mucho hubo de bregar el criado para calzárselos o, mejor, para embutirle los pies en ellos, maltratándoselos), portáronle espejo, adornóse la manga con listón de seda y la media con liga de roseta, estábame yo suspenso y acobardado sin saber qué hacer ni qué decir, perfumáronle con agua de sándalo, trajéronle guantes de ámbar y al fin díjome que le acompañase para la primera misa.

Salió de casa con más séquito que un duque: pues entre el criado que le llevaba el reclinatorio, el otro los cojines, aquél un braserillo con que calentarse del frío del templo, el escudero con el libro y el rosario, el mayordomo con la limosna que había de dar a los pobres y yo de pordioserillo detrás, éramos seis la escolta no más que para cruzar la calle, entrarse en las monjas de San Plácido, acomodarse ante el primer altar de la epístola y aprestarse para oír la misa. Siguióla mi amo con mucha devoción, no curando de los corros en los que se comentaba, de los grupos en los que se reía, de las damas embozadas que con fingida unción ahora dejaban caer el rosario como por accidente, ahora −meneando los mantos con sabio movimiento− mostraban la mano blanca resplandeciendo anillos, la guedeja de oro mal cubierta. A todo esto estaba mi amo ajeno, atento a la oración e hincado de rodillas como si no hubiera en el templo más que Dios y en vez del ruido de las conversaciones, el crujir de sillas y reclinatorios y el trajín de los criados atizando los anafes y braseros fuese todo recogimiento y silencio.

Acabada la misa, repartió muchas limosnas entre los pobres, que ya le conocían. Volvió a casa con no menos pompa que antes, aunque más recogido y silencioso, y parecióme que una como pena le empañaba los ojos y le entristecía el semblante, que a la luz del día y ya yo más confiado atrevíme a reputar de muy hermoso y delicado.

Hízome pasar a sus aposentos; preguntóle al criado si

se había desayunado. Respondióle éste que sí, que antes de la misa había tomado un poco de leche de cabra; mandóle mi amo que trajese la conserva de naranja, el chocolate y unos roscos de alcorza, y que luego después de haberle servido almorzase el mozo, que una escudilla de leche parecía poca colación para tanto muchacho. Maravilléme yo de un señor que curaba qué comían sus criados, y cuándo y cuánto, y regocijéme entre mí, diciendo: «Aquí al menos comeremos.»

En lo que llegaba el chocolate quiso que le descalzasen. Hiciéronlo así y él sufriólo con paciencia. Me asentó a su lado, hízome catar la conserva (que yo era la primera vez que la probaba), con sus propias manos partió del rosco para ponérmelo en la boca, que yo tenía abierta de maravillado de que tal caballero así me sirviese, que no parecía sino que yo era el amo chico y él el criado grande.

Quedéme pues en casa de don Alonso, que así se llamaba mi nuevo amo. Mi ejercicio era de paje y no de criado; no quiso mi amo ponerme librea, sino calzas y ropa y un ferreruelo corto de paño. Estábame lo más del día en los aposentos nobles haciéndole compañía al bueno de mi amo; allí aprendí a gustar de la música, que era don Alonso extremado en el arte de tañer vihuela y otros instrumentos músicos. Díjome que tenía linda voz, y enseñóme algunas letras de romances y de canciones de amor, que yo cantaba sin entenderlos. Quiso avezarme a que le leyese en alto y púsome maestro para enseñarme las letras y a poco ya leía yo de corrido; gustábale sobremanera que le leyese comedias e historias de amor y esas que llaman novellas, que por la mayor parte tratan de lances de amor desdichado y otras fantasías. Jamás me hizo leerle vida de santos, tratado de piedad ni libro de devoción, sino sólo historias de amores en romance.

Tenía este don Alonso un su amigo, muy querido de él y de los mismos gustos. Llamábase don Pedro de Aguilar y gustaba de pasar muchas tardes y aun noches en nuestra casa. Era extremado cantor, hacía versos y lucía galán talle; no tenía rival como jinete y habíase mostrado en justas muchas veces, matando toros y alanceando anillas. Juntos íbamonos a veces al Prado a solazarnos donde, sin hacer caso de reclamos de tapadas, merendábamos en la hierba y tañían los galanes sus instrumentos músicos de suerte que en torno a ellos las gentes se unían en concurso. Regresábamos a casa y muchas noches quedábase don Pedro a cenar, encendíanse con el vino risas y sales muy graciosas y aún no habían acabado los postres cuando mandábame mi amo acostar, que ya me caía de sueño.

Pasáronse así los días, en este como limbo que me pareció la gloria, que en músicas y libros, en galas y paseos, en risas y misas se iban las semanas y los meses. Y ya estaba yo acomodado a mi buena suerte y olvidado de mi vida anterior y de cómo entré en la casa, cuando una tarde vínoseme a acordar la noche de mi sueño en el portal y cómo recordé de él. Fue el caso que de un arca de la alcoba de mi amo, que siempre solía estar cerrada con llave, vi asomar una manga de brocado que creí conocer. Con la curiosidad y la impertinencia de la mocedad alcé la tapa, abrí el arca –que aquella vez estaba sin llave– y hete qué hallé en ella: el mismo vestido de la tapada y los chapines que aquella noche primera oí correr por la calle de San Roque y el mismo manto de humo que le cubría el rostro, todo tan propio y tan exacto que extrañóme a la verdad no encontrar en el arca también a la tapada misma. Mucho cavilé sobre este misterio, de cómo había desaparecido tal dama dejando allí sus vestidos y por dónde habría salido y quién sería la señora; más de una y de dos veces quise preguntarle a alguno de los criados, pero impidiómelo el temor de que lo dijesen a mi amo y me castigase por mi impertinente curiosidad de husmear en arcones cerrados, o por haber quebrado la promesa del primer día de olvidar aquella noche y su tapada. Fingí en mis cavilaciones mil historias peregrinas, que nada tenían de envidiar a las novellas de las que gustaba mi amo. Mas al cabo no dije nada y seguí cantando y tañendo y leyendo para don Alonso como si nunca hubiera visto ni hallado vestido ni chapines ni manto de humo ni cosa que se le pareciese.

En esta dicha transcurrieron dos o tres años de mi vida, los primeros que tuve felices y sin necesidad. Hasta que quiso Dios que diera un nuevo vuelco la rueda de mi fortuna.

Era una noche dulce de finales del verano, pasadas ya las calores de agosto. Tras los días de canícula, una temerosa tormenta había limpiado el aire y las jornadas que siguieron fueron suaves, con un airecillo fresco que acariciaba y daba vida. La noche que digo era estrellada y sin luna, que semejaba el cielo terciopelo tachonado de diamantes; dormía yo con otros criados en un espacioso cuarto con la ventana abierta y dábame sobre el rostro un aura perfumada. Parecía no caber el mal en el mundo. Era ya noche cerrada cuando oí los golpes airados a la puerta, las voces y carreras de los criados, el rebullir de la casa, el irrumpir de los corchetes, el volcar de las sillas y el precipitarse por las escaleras de los asustados sirvientes. Sacáronme de la cama a empellones unos que me parecieron demonios y que luego supe ser oficiales de justicia. Juntáronnos a todos en el zaguán, medio vestidos, mal peinados y revueltos, y entre todos, desnudos en camisa, mi amo protestando del atropello que se hacía a su dignidad y don Pedro de Aguilar —de quien no sabía yo que estuviera en la casa—, tan en camisa como mi amo y azorado por demás.

Trincáronnos a todos sin hacer caso de protestas, separaron a amos y criados y con pocos miramientos para todos lleváronnos, atados de manos y prendidos, a una cárcel que luego supe ser de la Inquisición.

Allí pasé tres días, solo —que habíanme separado de mis compañeros—, sin más compañía que el hambre, las ratas y otras asquerosas sabandijas, y mis tristes y desconcertados pensamientos. Sacáronme al cabo para ponerme delante de un escribano y un fraile dominico.

Lleváronme a una estancia grande y vacía, de paredes encaladas como para dejar resbalar los pensamientos. Hiciéronme quedar de pie en el centro, y paróse ante mí el inquisidor, que desde mi chica estatura parecióme enorme; estaba el escribano tomando mi declaración a vuelapluma, hízome decir mi nombre, mis orígenes y cómo había llegado hasta mi amo y cuánto hacía que le servía. Díjeselo yo punto por punto, sin ocultar ni callar nada, como si estuviera en confesión. Amonestóme que haría bien en decir la verdad a todo lo que me preguntase y yo prometíselo más temeroso que persuadido.

Preguntóme el fraile si había hecho mi amo conmigo algún pecado nefando. Respondíle, inocente, que todos los pecados eran nefandos a los ojos de Dios, pero que en mi presencia no había pecado mi amo sino de cierta presuncioncilla y vanidad, especialmente en lo tocante a galas, y que por lo demás era varón muy piadoso y caritativo. Parecióme que le contrariaba y turbaba un tanto mi respuesta, y tornóme a decir, algo impaciente, que no era eso lo que me preguntaba, sino si había hecho mi amo conmigo alguna suciedad. Díjele que, al contrario, era hombre muy limpio, que gustaba del aseo así en su persona como en la de sus servidores y criados, y que se hacía hacer la barba y pulir las uñas cada día. Preguntóme el fraile, airado, si me burlaba de él. Casi llorando díjele que no, que era cierto y verdad lo que había dicho tocante a la limpieza y buen aseo de mi amo, y que todos los de su casa lo podrían certificar. En viendo que se me saltaban las lágrimas y comenzaba yo a hacer pucheros, tomó el fraile un continente más dulce y sosegado, y preguntóme si yo creía o había notado que me amaba mi amo. Díjele que sí, y mucho. Tornóme a preguntar en qué notaba yo ese amor y a mí, simplecillo, no se me ocurrió sino decir que en que me había enseñado a leer. Preguntóme qué leía. Díjele la verdad: que historias de amores y fábulas milesias. Preguntóme si las fábulas eran de amores torpes. Díjele que era yo niño y muchacho y nunca en tal me había visto de casos de amores, y no sabría juzgar si eran de torpeza o de artificio los casos aquellos, pero que eran de mucho gusto y contento. Tornóse a airar el fraile con la respuesta, díjome si yo era torpe o necio o taimado bujarrón que quería encubrirlo. Respondíle, llorando y a hipidos, que no entendía. Arrebatóse con tal ira que creí que me golpeaba, y preguntóme a voces si me sodomizaba mi amo. Torné a llorar yo y a decir que no sabía y porfió él, y yo repetí que no sabía y que me explicase qué era sodomizar y yo le diría con toda verdad, jurando sobre el Evangelio, si sí o si no. Calmóse un poco, miróme dudoso, murmuró para sí y díjome que marchase, que de mí no sacaban nada. Fuime sin saber lo que había pasado ni qué me habían preguntado, que sólo sabía pensar en las palabras nuevas que había oído y qué significarían, y sin entender la ira del fraile ni las risas disimuladas del escribano, que entre mis lágrimas las había visto. No supe entender lo de aquel día sino muchos años después, siendo ya mozo, y aún me toma la ira de pensar con qué torpe y sucia maldad usaron de mi inocencia de niño y cómo me hicieron cuidar de cosas de malicia de las que hasta aquel día no había sabido.

De mi amo sé que lo condenaron por sodomía y que fue encorozado y muerto; don Pedro de Aguilar dicen que murió en el tormento. Condenaron también a varios criados de la casa y a una moza de cocina, ésta por adúltera, que estaba huida de su marido: los huesos de estos pobres se habrán repartido entre cárceles y braseros. Yo salvé, por ser chico y muchacho y tan inocente como se ha visto; de los otros criados de la casa nada supe, que nos dispersamos como pajas aventadas.

Quedéme, pues, solo, desamparado y errante. Volví a gustar el amargo pan del hambre, el frío de la necesidad, las lágrimas del desamparo. No sé cuánto tiempo anduve mendigando a veces, intentando robar lo que podía en las tablas del mercado, ofreciéndome de mozo a los que no me querían tomar, recibiendo palos y puñadas de los otros mendigos y de los vendedores de la plaza cuando notaban la mengua de alguna mercancía. Erré descalzo, anduve desnudo, dormí en el suelo. Y al cabo de tanto penar dio otro vuelco mi fortuna.

Gustaba yo de ir a la entrada y salida del corral de comedias de la calle del Príncipe, por ver si mendigaba o si afanaba algo. A veces dábanme una moneda almas caritativas, a veces unas pocas avellanas o unas limas que habían sobrado de las que comieron durante la comedia, a veces recogía yo del suelo un pañuelo bordado o un abanico perdido que iba a vender. Aprovechábame pues del mucho concurso de gente, entre la cual no abundaba la caritativa pero no faltaba la descuidada y así, entre caridades y descuidos, iba yo sacando algo sin robar, que nunca lo hice más por torpe que por necesitado.

Una tarde daban comedia famosa y era grande la concurrencia. Apeábanse a cada punto damas y caballeros de coches y sillas de manos, apretábanse los mosqueteros y otra gentecilla por caber más y por entrar −los que podían− de baldes, que es achaque común de los teatros. Estaba yo en el tumulto atento al dijecillo que cae de una cadena, a la perla que se pierde, al pañuelo con randas desprevenido a la bajada de un coche, al prendedor que se suelta en las apreturas y a otras pequeñeces, cuando vi llegar un coche más bien aparejado que los otros, con las cortinillas de seda muy bien echadas, que excitaban la curiosidad más que encubrían los pasajeros.

Detúvose el coche, apeóse el lacayo, abrióse la portezuela y apareció un guante de gamuza y, tras el guante en la puerta, posóse en la escalerilla un chapín con clavos y virillas de plata, y tras guante y chapín descendió una basquiña tan labrada que ni la mar tiene más perlas ni el cielo más brillantes ni todos los ríos del mundo tantas aguas como aquel raso tornasolado de color de celos. Y aún estaban suspensas las miradas en aquella falda que era a un tiempo río, mar y cielos, cuando dejóse caer un manto de seda tan sutil que a la verdad no encubría, sino tamizaba la belleza de su dueña. Era el cabello un ascua de oro brillando bajo la noche del manto, en la cual noche se adivinaban jazmines tan blancos como olorosos, rosas tan abiertas como encendidas. Era, en fin, aunque tapada, la dama más bella que habían visto mis ojos.

Descendió la bella con tanta majestad como una reina y tanta gracia como no se puede encarecer, cesó el tumulto, quedóse suspensa y silenciosa la concurrencia, deseosa de adivinar lo poco que el manto encubría; dirigióse ella a la entrada de los aposentos y halléme, sin saber cómo ni cómo no, en medio de su camino. Tropezaron conmigo dos ojos color de aguamarina y sentíme en un punto azorado, sucio, roto, mísero, suspenso, niño y por primera vez enamorado.

No sé cómo acerté a pedirle limosna, que me había quedado de piedra como el desdichado a quien mira el basilisco. Inclinóse ella hacia mí como lo haría aquel árbol que llaman de palma: envolvióme un aroma de ámbar de guantes y agua de olor. Díjome la bella si había visto la comedia; respondí que no y ella, riendo, dirigióse a la criada y dijo con un habla ceceosa como de sevillana: «Ea, Cristinica, démosle a este mozo limosna tal que en muchos años no la olvide.»

Tomóme de la mano la criada y condújome al aposento detrás de su ama. Iba yo tan embobado que parecía que volase y no tuviese pies. Era el aposento de los de gente rica, con celosías, sillas y buenos reposteros en las paredes. Sentóse la bella en una silla de respaldo y como por burla ofrecióme otra a mí: hube de trepar para alcanzar tan alto estado y, estando ya en el asiento, adopté tan grave continente como un gran señor (debía de ser mi edad de diez años, sobre poco más o menos), de lo que rieron no poco ama y criada. Preguntóme con una voz tierna cuál era mi nombre, y si tenía parientes o, a lo menos, amo a quien sirviese; yo le dije que Pablos y que no había conocido padres ni parientes ni tenía ahora a quién servir. Preguntóme si me gustaría entrar en su servicio; díjele que la serviría toda la vida y lo hice tan apasionado que más pareció declaración de amante que oferta de criado. Y lo que más me espanta es que a tan tierna edad supiera yo tan bien lo que me decía, que ella no supo entonces cuánta verdad hablaba por la boca de un niño, como después se hubo de mostrar.

Desembarazóse mientras del manto y fue como quitar un velo a la aurora y ver aparecer el sol: tan hermosa me pareció; hízose descalzar los chapines por la criada y quedóse con unas chinelas que apenas encubrían unos pies tan blancos como las manos; vi que los tenía pequeños. Y aún estaba yo fascinado y turbado con esta vista –que era la vez primera que contemplaba los pies de una dama–, cuando volvióse de nuevo a mí, tornóme a acariciar (que sabe Dios qué frío y calor sentí con su regalo), terció hacia la criada y dijo con su voz ceceosa que era como una música: «Sí que es lindo el muchacho, y fino como paje. Pero qué sucillo va.»

Sentíme al punto el más sucio muchacho del mundo; amargáronme de un golpe la miseria y la necesidad. Dicen que el camello es animal paciente y de buen natural; pero que, si por accidente ve su imagen reflejada en algún remanso de agua, entristece y languidece hasta que muere: tal es la aversión que le produce su figura corcovada, que vive feliz en los ásperos desiertos donde no hay agua y, por paradoja, cáusale la muerte el ameno vergel donde la fuente le devuelve su imagen. Así yo había sido hasta aquel punto corcovado camello y arrastrado sin sentir mi figura miserable, mientras viví en el desierto de mi desamparo; mas en viéndome reflejado en el agua remansada de sus ojos, vime tal cual era: sucio y roto, piojoso y descalzo, miserable y torpe, incapaz de inspirar amor; tal es el poder de una palabra dura en un corazón enamorado, aunque sea de diez años.

Salieron las guitarras y dio comienzo la comedia. Hubo en ella los usuales lances de amor y celos, los pasos apasionados y valientes, las músicas y bailes, las jácaras y mojigangas, los gritos de mosqueteros, el alboroto de la cazuela, los pregones de limeros y alojeros, los duelos en la escena y las pendencias en los bancos que son uso común en tales espectáculos. Yo estaba ajeno a todo y aturdido, absorto en contemplar mi beldad que, cercana y despreocupada, ora reía un donaire, ora lloraba con un paso triste, ora meneaba al son de las músicas sus piececillos casi descalzos. Supe entonces que el ser niño me daba licencia para contemplar lo que se me hubiera vedado o dado con tasa de ser hombre: la piel rosada casi sin afeite, trasudada del calor de la siesta y de la pasión de un lance de la escena; el cabello desvelado, prendido apenas con peinecillos de nácar y adornado con lazos; las manos despojadas de guantes con las uñas teñidas de plata; y, sobre todo, los pies que me robaban el sentido y que mi bella hubiera encubierto a las miradas de un hombre, pero mostraba sin rebozo a los ojos de un niño, por creerlos velados por la inocencia. Espié a mi hermosa como pocas veces es dado hacer a un enamorado, hice pepitoria de sus miembros desde la seguridad de mi niñez y cuando al fin, terminada la comedia, púsose en pie y tornó a ser calzada y a echarse el manto, habíala yo desnudado mil veces sin que ella hubiese reparado más que en la mirada sumisa de un niño mendigo y solo.

Fuimos a su casa en el mismo coche que la trajo. Era un rico palacio de la calle del Pez, no lejos de la casa de mi desdichado amo, a quien no nombré sino pasado mucho tiempo. Díjome que se llamaba doña Gracia de Mendoza. Vestida de casa y sin los afeites y aderezos, parecióme su edad de unos veinticinco años. Mandóme lavar y vestir; hízolo la criada Cristina, y trájome tan bien aseado, con mi ropilla de paño y mis calzas de velludo, que se deshizo en elogios de mi hermosura la reina de mi corazón. Sabe Dios cómo me sentía y qué oculto placer me proporcionaba oír cómo doña Gracia elogiaba lo dorado de mis cabellos (que de sucios y enredados no lo parecían), lo blanco de mi cara y manos antes atezadas y renegridas, la hermosura de mi porte menudo: sentí vivir una metamorfosis, o como el ave Fénix que renace de sus cenizas; que tanto me halagaban sus elogios como antes me hirieron sus palabras, cuando dijo que yo era sucio. En aquel punto creo que aprendí cómo, en amor, las palabras dulces y lisonjeras son más sabrosas si llegan después de desdenes y reproches.

Era la casa de doña Gracia grande, alegre y hermosa: el zaguán limpio, libre de las inmundicias y asquerosidades que se ven en otras casas, aun nobles, que doña Gracia tenía prohibido a las criadas echar tras la puerta los pellejos, las plumas y otros desechos de cocina; las salas y gabinetes aseados y bien mobleados, en donde no faltaban el tapiz de precio, el repostero caro, el bargueño de fina taracea. Las alcobas eran tan decentes, aseadas y amplias como las salas de respeto, aunque es achaque de muchas casas que lo que ven los extraños sea de lujo y ostentación, y de triste miseria los cuartos de los habitantes de la casa. No faltaban en el comedor el aparador con rica vajilla de plata, ni en el estrado de respeto los buenos braseros de bronce y las alfombras de Persia.

Pero donde yo más gustaba estar era en el estrado de cariño de mi nueva ama y dueña de mi corazón, por estar ella en él las más de las veces y por ser la estancia más linda de la casa. Era el aposento amplio y recogido, abrigado y alegre y con un ventanal grande de vidrios emplomados que, por dar a un patio interior, estaba sin celosía y dejaba entrar en invierno los rayos templados del sol, en verano el fresco de la noche y el rumor de las fuentes. Era el patio, a la manera sevillana, un vergel florido en el que se mezclaban el dondiego de noche con el oloroso jazmín, la verde hiedra con la sombra del magnolio, el sonido de un alegre surtidor, que en medio del estanque se levantaba, con el aroma de las rosas. No sé qué extraño encantamiento hacía que tuviera flores todo el año, pese a los fríos que bajaban en invierno de la sierra. Gozábanlo a la par mi ama y los muchos criados de la casa, que era muy rica: dábales mi ama y amada licencia para solazarse en él las noches de verano, y duraban hasta muy tarde las músicas en tiempo de calor. Toda la casa se asomaba al patio, de espaldas a la calle, como se usa en Andalucía, y a la verdad semejaba ser aquél castillo de felicidad, que daba la espalda a las amarguras del mundo: cantaban las fregonas al tiempo que hacían sus faenas, silbaba el caballerizo al almohazar los buenos caballos, prendíanse las mozas de cocina rosas y jazmines en el pelo antes de tornar a los fogones, iban los lacayos y escuderos bien vestidos, bien calzados y bien comidos, sacábanse todos los días agua clara del pozo, pan blanco del horno y buen vino de la taberna. Y, en fin, la casa y su patio era mundo fuera del mundo.

Sólo yo padecía en aquel paraíso tormentos de muerte. Gozábame cuando mi ama me hacía llamar a su estrado y me decía que le leyese o le cantase romances –que en esto me valió la escuela del desdichado de don Alonso–. Arrobábame mirándola cuando, en el huerto, tomaba una rosa para prendérsela en el pecho o en el pelo; ayudábala yo, consentíalo ella más inocente que avisada, temblábanme las manos al prenderla y al fin me herían sus espinas y padecíalo con gusto. Mas otras espinas sufría yo peor: que, desde el segundo día que estuve en la casa, fue incesante el entrar y salir de caballeros embozados, el llegar de recados y billetes, el arrojar de pedrezuelas a las ventanas, el silbar a oscuras en la calle, el abrirse las puertas de noche para volverse a abrir a la madrugada, los caballos ajenos en la cuadra, los coches detenidos ante el portón el tiempo justo para que descendiese un caballero envuelto en su capa y, en fin, los pasos sigilosos por las escaleras, a la luz de candiles, hasta la alcoba de mi ama. Pues aquella beldad suprema, aquella belleza angelical, aquella hermosura que no podía ser sino venida del mismísimo cielo debía su próspera fortuna a la venta de las gracias que el mismo cielo le había dado y a la concesión de favores que a todos dispensaba. Era en una palabra, mi ama, puta.

Cuáles fueron mis tormentos, cuáles mis furias, cuáles mis lágrimas, no lo sabría encarecer. De noche no dormía espiando cualquier ruido de la casa, y casi todas las noches confirmábanse mis sospechas, y cada uno de los ruidos de pisadas, rechinar de puertas, crujir de escaleras y batir de colchones eran otras tantas saetas en mi corazón. Levantábame a la mañana ojeroso, triste, fatigado y celoso, y mi ama y amada fresca y lozana y alegre. Llamábame a su estrado y yo no quería acudir, pero era fuerza que fuese y entraba a lo primero mohíno, hacíame dos caricias que parecíanme burlas y mofas a mi enamorado corazón, preguntábame qué tenía y yo callaba, tornábame a preguntar y volvíale yo la espalda con gesto que parecía de niño y era de enamorado celoso. Y al fin eran tantos los regalos, tan dulces sus palabras, tan tiernas sus caricias con que como a niño me halagaba, que ablandábanse mis entrañas, lloraba un poco, quedábase ella suspensa sin averiguar la causa y, de verla cuidosa, enternecíame yo y perdonábale cuanto por la noche había oído e imaginado. Pasaba el día acompañándola, leyéndole a veces libros de invención y otras de muy graves y doctos asuntos; que, así como para don Alonso no había yo leído sino fábulas hueras, doña Gracia gustaba mucho de historias verdaderas, de corónicas y fábulas morales, libros de meditación y otras lecturas tan apacibles como provechosas, así en romance como en latín (que con ella lo fui aprendiendo de sólo leer). Admirábame yo de que, siendo mujer, fuese tan docta y tan leída como doctor de Salamanca, tan discreta y aguda como hermosa, de tan buenas prendas que, si enamoraba su vista, más enamoraba su conversación. Era tan extremada en el tañer y cantar como en el bordado y la almohadilla, y gustaba tanto de poesías de amor como de corónicas antiguas. Era con todos amable, con todos grata, con todos graciosa: con los criados usaba de una maternal autoridad, que más que criados parecían hijos de aquella casa; con los pobres, de una caridad humilde. Nunca llamó a su puerta mendicante que de vacío se fuese, ni hubo enfermo a quien no visitase, ni viuda o huérfana a quien no socorriese en secreto, que ni sus mismos favorecidos sabían de dónde les venía el bien. Tenía, en fin, porte de dama, cara de ángel, obras de santa y oficio de ramera.

Pasáronse tres años en este dulce sinvivir, en este grato tormento y amarga dicha, cuando vino a resolverse mi cuidado como nunca pensé.

Sucedióme una mañana irme a solazar a las gradas de San Felipe, donde, al trato y conversación que allí se forma al cabo de las misas, acude gran concurso de caballeros y aun de otros que no lo son tanto. Estaba un corro de ellos ociosos y yo descuidado, llamáronme y preguntáronme: «Muchacho, ¿de quién eres?» Respondí yo con la verdad: que de doña Gracia de Mendoza, en cuya casa servía. Dieron en reír y en darme vaya, motejándome por mor de quien servía. Dijo uno: «Sólo te he lástima en que, siendo de esa casa, no catarás tocino.» Respondióle el otro: «Pero carne sí catarás, y de la más fina.» Terció otro de los que allí estaban: «Carne que no se da de baldes, no es para mozos ni pajes. Que en casa de esa señora toda la carne es de precio y al contante.» Y aun otro dijo: «Pagarásla con alguno de los treinta ducados.» Y le respondieron: «No, sino que los treinta ducados heredólos la dama de su abuelo, que era de color bermeja.»

Yo, de que vi que así motejaban a mi ama de puta y de judía, tomóme tal coraje que arremetí yo solo y chico contra todos, ahora dando puñadas, ahora golpes de pie y mordiscos, y a uno le arañaba la mano y a otro le rasgaba la ropa, tal era mi enojo. Agraviáronse de aquello los que agraviado me habían: no quisieron sufrir iras de niño los que habían hecho vaya de arriero. Arremetiéronme entre todos y diéronme tal lluvia de golpes y patadas que, de no salir corriendo, pereciera allí.

Torné a casa rota la ropa, ensangrentadas la narices, molidos los huesos y cubierto de lodo. Espantóse mi ama de verme así, y más de ver cuál era mi desconsuelo y mi amargo llanto, que me inundaba la cara más de la furia de no haber podido vengarla que del dolor de los golpes. Preguntóme qué tenía, yo no se lo quise decir. Porfió ella, y al fin hube de contarle, entre lágrimas, lo que por mí había pasado: cómo unos caballeros de las gradas de San Felipe habíanla injuriado con que vendía su cuerpo y era de linaje de conversos, que no comía tocino y era heredera de Judas. Consolóme mi ama con tan tiernos afectos, con tan amable dulzura, que olvidé en un punto mi dolor y mi cólera. Hízome salir al huerto, ya más consolado, y serenóme el espíritu con un paseo entre las fuentes y los arriates olorosos –que sólo su presencia hubiera bastado para lograr tal efeto– y, asentados ambos en un banco de azulejos, tornóme a decir:

–¿No has oído, bobillo, que el miedo guarda la viña? Pues, según eso, quien más viña tenga que guardar será más temeroso. Tiene un campesino rico una viña grande, de buenas cepas y es un año que promete buena cosecha; acércase el tiempo de la vendimia, están ya los racimos casi maduros y tan golosos que parecen robar los sentidos o querer ser robados. Atemorízase el dueño de la viña y no sosiega pensando que por la noche se la han de vendimiar manos extrañas, que aquella nube parece traer piedra que se la destruya, que su vecino envidioso tal vez prenda fuego a las cepas de verlas tan galanas. Ni come ni duerme ni sosiega el pobre rico labrador, que todos sus pensamientos van para su querida viña, y cada punto emprende el camino para vigilarla, y apenas ha tornado a casa ya le inquieta el pensar si entrarán en ella ladrones o si descargará la nube. Y así, por unos ruines racimillos no duerme ni sosiega, ni come ni descansa y lo que le había de dar alegría y placer le causa congoja. ¿No le sería mejor no haber campo ni viña, y ser un simple vendimiador que recoge de lo ajeno cuando está granado y no se cuida de más? Pues, ea, Pablillos: no te turbes ni te amohínes porque hablen en mi honra; que quien me llama puta ni dice mentira ni merece ser por ello punido; y cuanto a lo de judía, cada quien tenga su alma en su almario, que yo sé de más de uno que lleva espada, ostenta cruz de hábito y tiene ejecutoria de hidalgo, que lo reconocería por hermano el rey David y por nieto Abraham el patriarca. A más, que todos somos hijos de Dios y hermanos de Jesucristo, bien que algunos tengan el parentesco más por cerca. Comamos y bebamos, y vendimiemos la viña de los necios que la guardan, que en no tener viña que guardar está nuestra alegría y en no tener honra que defender se asienta nuestro deleite.

—Mal puedo deleitarme yo, ni comer ni beber —respondíla.

—Pues ¿qué tienes? ¿No te gusta la casa, no te quiere tu ama y te regala, no te sirven los criados que más que como a igual como a amo te tratan? ¿No tañes con gusto la vihuela, ni lees historias sabrosas, ni te recreas en jardines, ni duermes en buena cama, ni vas bien vestido y bien calzado? ¿Pues qué te falta, mi niño, que si está bajo el cielo yo te lo mandaré dar?

—Señora, amor es el nombre de mi dolencia —dije yo, que aún hoy no sé cómo acerté a decirlo ni cómo salieron tales palabras de mi boca, que me pareció como si no fuera yo el que hablase sino otro nuevo y desconocido.

—Pues ¿a quién amas tú, picarillo? Vive Dios que me lo has de decir.

—Señora, a vos, desde que os vi. —Y apenas lo hube dicho ya me había pesado; pero fue como la fuente sellada o la represa llena, que cuando acumulan mucha agua, de golpe la sueltan sin poderla contener y en pocos puntos sale el caudal que muchos años había tomado para formarse.

Quedóse suspensa y parecióme que, como se abrió mi pecho, así se le abrieron al punto los ojos y dejó ella una especie de inocencia de niña en la que hasta entonces había vivido: que viéndome niño a mí como a niño me trataba y se aniñaba ella misma en el trato; pero sabiéndome capaz de sentimientos de hombre, desengañóse y fue como la doncella que descubre de repente y sin pensar qué cosa sea el amor y qué suele acaecer entre hombres y mujeres y —medio espantada y medio ufana— entiende entonces tantas cosas que hasta ese punto le estaban vedadas y ocultas, con ser bien visibles y andar en ojos y en lenguas de todos; pero que ella, con la inocencia que le velaba los ojos, no echaba de ver. Rememora la hasta entonces inocente doncella muchos pasos y lances de su vida que ella vio y vivió sin sentir y sin saber cuál era su enigma, y se llama para sí necia y loca, que anduvo tanto tiempo ciega y a oscuras bajo la luz misma del sol. Así abrí yo, niño de trece años, los ojos de una mujer que me doblaba la edad y casi bien podría ser mi madre, así hice perder a una ramera su inocencia de doncella y forcéla a maldecir las muchas horas que, con simpleza inocente, había andado ciega y sin ver lo que a sus mismos ojos se mostraba: que nunca había tenido amante tan rendido, tan firme, tan sumiso, tan apasionado y tan celoso.

Cuál fue su ternura, cuáles sus lágrimas, cuáles sus risas, cuáles sus caricias y halagos no lo sabré encarecer. Baste decir que transcurrió todo el día ora sumida en una dulce melancolía —que no semejaba sino una embriaguez dichosa, un sueño en vela—, ora riente y graciosa y amable como pocas veces habíalo estado conmigo, con serlo tanto de contino. Tan pronto me acariciaba y regalaba y decía donaires sabrosos como quedaba un punto suspensa, con la mirada perdida y una media sonrisa asomada a los labios; anegábansele los ojos de lágrimas, espandíanse sus labios en una sonrisa y así, medio riendo medio llorando, tornábame a mirar con ternura, contemplábame en hito como si nunca me hubiese visto antes, arrobábase como inocente y desapercibida doncella, arrojábame miradas que de fuego parecían entre la selva de las pestañas. Y así llegó la noche y retirámonos cada uno en nuestra alcoba —que yo, por ser paje de confianza, tenía una muy buena para mí solo en la parte alta de la casa—, apagáronse las luces, sosegáronse las pisadas, encerráronse los perros porque no armasen bulla y quedó la casa en un silencio templado y oscuro —era una noche cálida de finales de junio, cerca de San Juan— sin más sonido que el lejano cantar de un grillo que oculto estaba en los arriates del huerto.

No podía yo sosegar un punto, dando vueltas en la cama como pez en la mar. Veníanme a la memoria todos los hechos pasados durante el día, repetíame como en paso de comedia el de mi declaración, rememoraba una y otra vez cada uno de los ademanes de la dueña de mi corazón, reconstruía sus palabras y sus hechos una vez que hubo caído la venda de sus ojos; tejía y destejía, en fin, el telar de los sucesos del día, desde que por la mañana me fuera a la plazuela de las gradas de San Felipe hasta cuando subí a mi alcoba, las luces ya apagadas. Saboreaba cada uno de los pasajes, como cuando lambemos con la lengua los labios cubiertos de miel. Deteníame en los pasos más sabrosos, rememoraba los afectos más tiernos y tornaba a comenzar, incrédulo de mi dicha y desconfiado de mi felicidad.

En este tejer y destejer estaba, como nueva Penélope, cuando sentí pasos quedos en el corredor, que poco a poco se acercaban como si caminasen sobre vidrio; abrióse despacio la puerta de mi alcoba con el mismo silencio y halléme de pronto entre los brazos el bulto de un cuerpo tibio, la suavidad de una fina camisa, las hebras de seda de un cabello destrenzado. Era la noche oscura por ser sin luna, tomáronme las manos unas manos sabias y, en la negrura del cuarto y el silencio de la hora, sin una palabra y sin más voz que un menudo suspiro, recorrí el camino de una piel de raso, trencé mis dedos en rizas hebras de ciclatón, gusté la fruta de unos labios tan jugosos que fueron capaces de apagar mi larga sed. Abrióme ahora los ojos la que descegué yo durante el día y en medio de la noche vi la luz: supe por qué los hombres tienen al amor por tan poderoso, que por causa de él se mueve el mundo. Que lo que aquella noche gocé y padecí no lo había podido imaginar de niño y en un punto entendí tantas figuras como había leído en libros de poesía: que el amor es lazo y cadena y cárcel y prisión y hierros, y libertad y vuelo, y gozo y tormento y penitencia y gloria, y hábito estrecho que se viste de grado y no se quita con fuerza la más poderosa, y saeta que hiere y remedio que salva, y dolencia incurable y única salud, veneno y triaca, todo a una causa.

No sé cuánto duró aquella noche a un tiempo larga y corta, ni cuándo nos venció el sueño. Amaneció el día y, a la luz azul del alba, el raso que acaricié vi tornarse jazmines, las hebras de seda convertirse en oro, el mármol duro nieve apretada, la fruta fresca una encarnada rosa. Aún estaba yo arrobado contemplando a la luz lo que acaricié a oscuras, cuando se abrieron dos hermosos luceros, desperezáronse los miembros de mi dulce dueña con ronroneo de gato, espandiéronse los labios en una sonrisa teñida de sueño y acaricióme una mano de templada nieve.

Muchas noches siguieron a la que os he querido contar, y todas tan placenteras y tan suaves como la dicha. De niño, híceme hombre sin sentir, alcéme en estatura de varón mientras ella se aniñaba dulcemente sumisa; que el amor iguala condiciones diferentes, eleva lo llano y abaja lo elevado, torna al niño viejo y al viejo niño, enloquece al cuerdo y al loco hace cobrar la razón.

En este dulce vivir pasaron los meses. No nos recatábamos Gracia y yo de mostrarnos enamorados a los ojos de los de la casa, si bien nos reservábamos ante los extraños. Y era tal la armonía de este palacio, tal el concierto de sus habitantes que como ruedecillas de reloj unos con otros engranaban sin roce ni chirrido, que ninguno hizo burla ni vaya, ni hubo murmuración alguna ni nadie puso lenguas en nuestro amor. Que ahora pienso que era para todos claro y manifiesto desde que yo llegué a la casa, y sola era mi amada la única inocente de todo, que nunca pensara tal si yo no se lo dijera.

Sólo una cosa me amargaba y hacía sufrir y era que Gracia seguía usando su viejo oficio, del cual vivía y vivíamos. Mis celos y sufrimientos no son para encarecer, que apenas sentía yo en el zaguán ajenos pasos, me encerraba en mi alcoba y allí era el llorar, allí el maldecir entre dientes, allí el dar puñadas a muebles y paredes, allí el jurar que no había de amarla más, que mis manos no se pondrían nunca más sobre su persona y que había de irme muy lejos de allí, a las Indias o donde fuese, a morir o ser matado o desesperarme por mi propia mano. Mas apenas había salido el robador de mis deleites de la casa, tornaba yo a buscar a la que tanto amaba y, no curando de nada, olvidado de lo que poco antes había dicho y prometido, volvía a besar allá donde besara el otro, borraba con mi cuerpo su olor extraño y con mis caricias ahuyentaba el recuerdo de las caricias ajenas en la piel de la que tanto amaba.

Viéndome lo que sufría y no pudiendo sufrirlo ella misma, prometióme Gracia dejar su oficio en el plazo de dos años. Púsome este plazo –que era el que precisaba para hacer holgado su acomodo y poder vivir de las rentas– como penitencia de amor; sometíme a tal prueba, si no gustoso, al menos esforzado. Y así, cada sufrimiento mío lo ofrecía como muestra y expiación, como sacrificio que inmolaba en el altar de mi adorada diosa.

Pasáronse los dos años más pronto de lo que pensáramos. Halléme mozo de quince años. Retiróse doña Gracia de su oficio como prometido había, y a fe que hubiera podido seguir en su ejercicio muchos años y con buenas ganancias, que a sus treinta años era fresca y lozana como pocas niñas de dieciséis. Aún fueron varios los meses en que rondaron sin provecho galanes rejas y ventanas y llamaron caballeros embozados a puertas que no se abrían. Pero, al fin, debió de correrse por Madrid la voz de que doña Gracia de Mendoza, su más famosa cortesana, habíase retirado del oficio. No tornaron a llamar sino algunos mal informados forasteros que venían de lejos sabedores de su fama e ignorantes de la nueva.

Propúsome Gracia que nos casáramos y gozáramos dichosos de nuestro amor y de su hacienda, que estaba ya muy crecida. Parecióme bien. Ajustáronse las bodas, tan secretas como alegres, en la iglesia de un lugar donde no éramos conocidos. Festejáronnos los criados, que eran como hijos de aquella casa, con un festín tan sabroso como rústico. Volvimos a Madrid y en el palacio de la calle del Pez hubo tornabodas durante una semana.

Había entre los de la casa un esclavo negro, liberto de doña Gracia, llamado Zaide. En tiempos fue su amo un afamado pintor de la Corte, de quien él en secreto había aprendido el arte de la pintura; habíale prohibido su amo tomar los pinceles, por ser oficio de hombres libres y no querer infamarlo poniéndolo en manos de un esclavo. Teníalo sólo para prepararle las telas y molerle los colores. Pero él, usando de los pinceles viejos que su amo desechaba, a la luz de un pobrecillo candil, de noche se aplicaba a pintar, imitando lo que de día en su amo había visto.

Sucedió que un día había anunciado Su Majestad la visita al taller del pintor, que tenía por costumbre hacerlo de tanto en tanto. Solía el rey mandarle al pintor que diese vuelta a los lienzos que a medio pintar y todavía húmedos estaban cara a la pared en el secadero, pues gustaba mucho el monarca, que Dios guarde, de ver los aún no acabados lienzos y dar su juicio sobre ellos antes que ninguno. Allí fue la hora del osado Zaide: que, entre los lienzos de su amo, también vuelto de cara a la pared, colocó uno suyo, el que mejor le pareció de los que a hurto y a la luz de un candilejo había pintado, robándole horas a su sueño.

Llegó el rey como había anunciado. Mandó, como siempre, dar vuelta a los lienzos. Sorprendióse el pintor de ver entre ellos uno que no había pintado y preguntó qué burla era aquélla. Echóse Zaide a los pies del monarca, suplicándole perdón y gracia por lo que había hecho. Miró el rey el cuadro de hito en hito; estaba el Zaide temeroso y el pintor colérico, mas por respeto del rey se contenía. Y, al fin, dijo el rey: «Levantaos, mozo. Que quien tal hizo no merece castigo, sino ser hombre libre.»

Ahorrólo su amo, forzado a cumplir el deseo del rey. Mas dejólo en la calle tan desnudo y sin amparo que no se podía valer. Erró sin rumbo, no quisieron tomarlo por criado por temor a que fuese esclavo huido de su amo, ni halló en qué ejercitar su oficio, que nadie creía que pudiese ser acabado pintor un moreno. Y al fin, viendo que se perecía de hambre y no queriendo volver con su antiguo amo, tornó a venderse a sí propio como esclavo, haciéndose mercader de sí mismo.

Viólo Gracia en el almoneda, o más bien viólo su criada Cristinica, que era moza alegre como un cascabel y afecta a los morenos, por la buena fama que entre el vulgo tienen. Rogóle a su ama de comprarlo y Gracia, viendo la dolencia que padecía la moza, tomólo a mucha risa y compról por complacerla. Cuánto deleite sacó la muchacha de tal compra no es para encarecerlo.

Ahorró Gracia al moreno tan pronto como lo tuvo en casa, que no era bien que hubiese esclavo en casa donde tanta libertad regía. Quedóse como criado, el más diligente y avisado de cuantos imaginarse pueda, y tanto, que pronto adoleció Cristina de haber bebido malas aguas y al cabo de un año hubo un paje mulatico enredando en el patio, al cual todos reían, todos brincaban y halagaban propiamente como a un menudo rey de los que, llamados Magos, adoraron a Cristo.

Quiso el Zaide obsequiarnos por nuestras bodas, que era mucho el agradecimiento que debía a su ama y no sabía cómo complacerla con alguna de sus artes. Escogió para la ocasión la de la pintura, que no hubiera sido bien recurrir a otra. Y así determinó pintar nuestros retratos en los mismos trajes que sirvieron para nuestras bodas.

Había yo rogado a la dueña de mi corazón que hubiese a bien complacerme y vestir para tal ocasión el mismo vestido con que la vi por primera vez. Buscó en las arcas las viejas galas, que aparecieron tan nuevas y lozanas como el primer día; vistióselas y acomodáronsele como si en vez de cinco años hubieran pasado cinco horas: tal era la gracia y el aire de su talle. Y así, vestida con aquel traje de raso azul bordado de perlas, con el manto de humo que más incitaba que velaba su hermosura, habíase acercado al altar mi muy amada.

Desa guisa pintóla el pintor también. Ella, acomodada en una silla de respaldo, la basquiña extendida como un prado celeste salpicado de aljófares, las manos blandamente reposadas en los brazos de la silla, los ojos fijos en el pintor que la mira. Yo, de pie tras ella, en el hábito de más hombre de bien que imaginarse pueda, con mi ropilla y mis calzas de lo más fino, y mi capa aforrada de martas, y hasta mi espada pendiente de un tahalí damasquinado, que nunca hasta tal día habíame visto tan honrado caballero.

Era el Zaide diestro. Pintónos tan al natural, que no es mucha la diferencia de lo vivo a lo pintado y aun ahora me espanto de comprobar cuán propios y exactos salieron nuestros rostros, cuán acorde el gesto con la verdad, cuán a lo vivo la ligereza de las randas y los brillos de los rasos y perlas, cuán agudo el filo de la espada que al cinto traía y, en fin, que no semeja retrato, sino espejo verdadero y de él no nos diferenciamos sino en el hablar, que en todo lo demás estamos tan propios e iguales como fantasmas de nosotros mismos.

Hállome, pues, en la cumbre de toda buena fortuna: amo y me aman, gozamos rentas y lecho, vivimos como honrados y honramos nuestro vivir con tantos deleites como desear podemos. Ni nos falta el pan, ni nos manca el vino, ni escatimamos la seda, ni contamos los ducados. Sírvennos criados bien dispuestos, alégrannos músicos extremados, guisan para nosotros cocineros limpios. Es nuestra casa fortaleza inexpugnable, donde no entran las insidias del mundo, donde no hay sino rumor de pájaros y cantar de fuentes, suelos lavados y paredes encaladas, manteles de lino y sillas de respaldo.

Sólo una cosa me amarga y da pesar algunas veces: y es que caigo en pensar que algún día habemos de morir y dejar estos deleites, y más que, siendo yo mozo y mi Gracia de más entrada edad, pudiera ser que muriera ella antes que yo, dejándome viudo y solo y sin consuelo, que sin ella no sabré vivir ni puede haber sobre el mundo para mí dicha ninguna.

Súmome a veces por esta causa en tristes pensamientos. Pero ella, en viendo mi amarga melancolía, consuélame con la más rara y peregrina maña, que es decirme: «Ea, tontillo, que no ha de ser así. Que por las veces mueren los jóvenes antes que los viejos, los mozos primero que los maduros. ¿Quién puede decir: "La vida tengo comprada, diez, quince, veinte años me quedan"? Y siendo así, ¿no pudiera ser que murieses tú primero, y fuese yo la que quedase sola y viuda y sin más consuelo que las tocas tristes de la viudedad? Pues, así, ni te amargues, ni sufras ni te amohínes, que quizás te dueles de mi muerte y tu soledad y día haya que yo llore mi soledad y tu muerte.»

Y con tan triste consuelo consuélame, y de pensar en mi muerte me sosiego, si ha de preceder a la suya, que no es tanto mi temor de morir como de perderla. Que así de raras y peregrinas son las cosas del amor, que lo que otramente entristece y amohína –como es el pensamiento de la propia muerte–, en estando enamorado, el mismo pensamiento cura y da salud.

II. EL VIAJE DE LORD ASTON-HOWARD

De Lord Alfred Aston-Howard, a Madame Solange de Vingdor, Marquesa de Clervés.

Las Rozas, 20 de noviembre del año de 1807

Mi encantadora amiga:

Mucho tiempo ha que le debía carta, en correspondencia de la deliciosa que tuvo Vd. la delicadeza de enviarme a Fuenterrabía. Ruego a Vd. disculpe lo indisculpable y sepa perdonar este pecado mío con tanta gracia como siempre prodiga. Confieso mi falta y, contrito y humillado, espero la penitencia que Vd. quiera darme, y que deseo tan gozosa y de tan fácil cumplimiento como la última que con tanto rigor Vd. me impuso, y que tan dulces horas nos proporcionó en París, dejando satisfechos por igual al penitente y a su inflexible verduga.

No he de buscar excusas, pues, para mi tardanza en escribir a Vd., con la esperanza secreta de ser castigado de forma tan severa como entonces. No aduciré las molestias e inconvenientes de tan largo viaje, el mal estado de los caminos, el tiempo adverso y las pertinaces lluvias, la incomodidad de ventas y mesones, la agitación de los ánimos, el peligro de los caminos, el poco acomodo y

53

los muchos trastornos que he pasado desde Fuenterrabía aquí, que han quebrantado mi salud y acabado con mi paciencia.

Felizmente, hállome en Las Rozas, lugar que sin duda le será a Vd. de todo punto desconocido y que, en efecto, no me causaría espanto no poder hallar en ningún mapa. Es un lugarzuelo pobre y desabrido, de pastores montañeses, no distante muchas leguas de la capital de este Reino. El cómo hemos venido a parar aquí y aun a perder dos días en este pueblo olvidado de Su Divina Majestad sería muy largo de explicar y sin duda hastiaría a Vd. con tantas prolijidades. Baste decir que la rotura de uno de los ejes de nuestro coche ha sido la causante de tal desdicha. Llevamos aquí desde antier, en que arribamos tras una jornada azarosísima durante la cual estuvimos a punto de volcar varias veces, con peligro de nuestras vidas. La compostura del tal eje ha resultado obra harto más laboriosa que la construcción de los jardines de Compiègne, pues éstos se hicieron en no más de una noche y el aderezo de una simple vara de palo está tardando dos días. Mi fastidio y mi impaciencia son infinitos, más teniendo en cuenta que me hallo con la miel en los labios, a pocas leguas del famoso Madrid y sin poder catarlo. Tentaciones me dan de tomar un caballo de alquiler y presentarme en la ciudad por mis propios medios, pero todos me lo desaconsejan, así por la mala calidad de las monturas de alquiler en el país, como por el peligro de viajar solo por estos caminos. De este modo me hallo, malhumorado y medio enfermo en una venta de mala muerte, desabastecida y sucia, donde hemos parado. Tal es el motivo de que me haya decidido a reclamar

54

el recado de escribir y matar el rato contestando a su dulce misiva.

Bien sabe Vd. las ganas que tenía de conocer este extraño país, del que tanto he leído. Excitábanme las historias halladas en los libros, historias de siglos oscuros y valerosos caballeros medievales, o de sensuales palacios orientales en cuyas más recogidas estancias se guardaba celosamente la lascivia de los harenes. Acariciaba yo la idea de recorrer los mismos parajes polvorientos por los que erró el insigne Loco de la Mancha o perderme en los jardines incitantes a la molicie de los Abencerrajes. Nada de ello he visto por ahora. El paso desde la dulce Francia es estrecho y dificultoso, por parajes escarpadísimos y no poco peligrosos en varios aspectos. La primera imagen de España no fue, como yo esperaba, la del ardiente sol y los sensuales jardines moros, sino los caminos embarrados, la lluvia persistente, la campiña semisalvaje de los alrededores de Irún. Los campos amenamente cultos y los pueblos limpios y ordenados de Francia dieron paso a aldehuelas pobres, medio deshabitadas, de casas casi en ruinas; a campos mal aprovechados y bosques donde prolifera la maleza. Tal fue la impresión de mi primer día de viaje por tierras de España.

Afortunadamente, en pocas jornadas pasamos a la tierra llana de Álava, algo mejor ordenada y culta, salpicada acá y allá por pequeñas aldeas de labradores; es lástima que en cada una de estas aldehuelas, afeando la armonía del modesto conjunto, se eleve una de esas iglesias de factura tosca, producto del pésimo gusto de los siglos oscuros, uno de esos templos que, lejos de invitar al pueblo sencillo a la piedad que le es tan necesaria para dominar sus bajos instintos, incitan a la impiedad y a la blasfemia.

Debe de haber centenares de estas iglesias en la comarca, y todas tienen los mismos monstruos afeando canecillos y capiteles, y las mismas figuras grotescas –burda parodia de las sagradas– sobre los dinteles de las puertas de medio punto. Ninguna providencia parecen haber establecido las autoridades para acabar con esta irrisión de la religión y del buen gusto, derruyendo tales engendros y elevando templos hermosos, dignos y limpios. Todas estas tierras parecen estar abandonadas a su arbitrio, a sus escasos recursos y a sus pocas luces.

Ahorro a Vd. los demás pormenores del viaje. Baste decir que pasamos por Burgos, ciudad que pudiera ser hermosa por su situación –se encuentra en un paraje bastante llano junto a un hermoso río, aunque no muy caudaloso– y muy apta para construir sobre su territorio una ciudad pulcra y aseada, en que la policía y la convivencia fuesen norma común. Pero hoy se encuentra también medio abandonada, oprimida por la sombra de un coloso del peor gusto al que llaman la Catedral, otra muestra (pero ésta, más ostentosa) de la barbarie de los siglos oscuros.

No quiero dejar de contarle, sin embargo, un suceso que sin duda causará risa a Vd.: sabrá Vd. sin duda que los caminos de España tienen fama de ser peligrosísimos. Son numerosas las historias que se narran de sus afamados bandidos, que saltean a los viajeros robándoles todas sus pertenencias y aun las vidas, cuando no les infligen ultrajes peores que la misma muerte, sobre todo a las representantes del hermoso sexo. Iba yo prevenido sobre este particular por numerosos amigos viajeros, y aun por algunos itinerarios de viaje que lo avisan. No descartaba la posibilidad de verme envuelto en algún peligroso lance por tal causa. Cuando hete aquí que, a poco de salir de Burgos, nuestro coche se vio rodeado de una turba de individuos feroces, de aspecto patibulario: montaban sendas mulas ricamente enjaezadas con mantas y borlas de lana de colores, a la usanza de esta tierra; tocados con pañuelos de percal y, sobre ellos, polvorientas monteras, el cabello largo como de salvajes, con enormes patillas que les daban un temible aspecto, y grandes facas terciadas en las fajas. Pusiéronse a ambos lados del carruaje y yo, esperando un ataque y dispuesto a defenderme como un caballero, ordené a mi criado que sacase las pistolas de su estuche de terciopelo.

Ya había prevenido mi fiel James las armas, cuando observé que los bandidos traían una recua de mulas cargadas de toda clase de mercancías. No me pareció cosa propia de salteadores de caminos, y así ordené al criado que ocultase de momento las armas. ¡Feliz providencia! De haber atacado, hubiéramos herido a nuestros protectores; pues, como después me aclaró el postillón, no se trataba de bandoleros, sino de una cuadrilla de arrieros que se encaminaban a Madrid con paños burgaleses y se habían ofrecido gentilmente a acompañar nuestra diligencia, brindándonos su protección. Parece ser que los arrieros de esta tierra gozan de justa fama de valerosos y atrevidos, y su sola presencia basta para poner en fuga a bandoleros y salteadores, de los que saben defenderse con arrojo. Así pues, continuamos nuestro viaje bajo la protección de aquellos individuos semisalvajes, cuya sola vista es capaz de poner espanto a cualquier persona civilizada y aun a los mismos delincuentes.

Nada más queda por decir a Vd., salvo que confío en ver pronto aliviado el fastidio de la espera por la compostura del desdichado eje. Escribiré a Vd. tan pronto como arribe a Madrid y me halle con algún acomodo. Mientras tanto, prodigue Vd. sus gracias como suele, pero guarde algunas de las más sabrosas para mi regreso.

Vale.

De Lord Alfred Aston-Howard a Mr. Henry Ivory, librero de Londres.

Las Rozas, 20 de noviembre de 1807

Mi muy estimado amigo:

Aprovecho uno de los innumerables desacomodos de este ya largo viaje para dar a Vd. cuenta del estado de nuestras cuestiones. Me hallo, debido a una avería del carruaje, en una aldea no lejos de Madrid, y confío en ver pronto resuelto este inconveniente y poder llegar en breve a mi destino.

Por lo que respecta a los materiales que tan encarecidamente me encomendó Vd. le procurase, poco he podido hacer, puesto que la mayor parte de nuestro itinerario ha discurrido por provincias rústicas y salvajes, donde no ha habido ocasión de hallar nada. Únicamente al pasar por Burgos hice desviar al cochero para visitar un monasterio que llaman de Santo Domingo de Silos, donde me habían dicho que hubo famosa biblioteca.

Trátase de un lugar de mala muerte, como todos los que hasta ahora he visto: en este país no parecen conocerse las aseadas campiñas y los encantadores pueblecitos de nuestra amada Inglaterra. El renombrado monasterio es un edificio enorme, lóbrego y oscuro, muestra terrible de una arquitectura desdichada y una decoración sin gusto. Nos franquearon la puerta con facilidad, por ser personas de calidad y toda confianza, y pudimos visitarlo con parsimonia, sin más compañía que la de un joven lego bastante poco cuidadoso.

Si por fuera me había parecido el edificio tosco y sin gracia, su interior colmó con creces mi asombro. En verdad, nunca había visto tal cúmulo de aberraciones, tales monstruosidades juntas. Ahorro a Vd. la descripción de semejante endriago; por ventura, parte del edificio antiguo ha sido demolido para construir un patio amplio y aseado, y también se ha hermoseado la iglesia. El resto es de una fealdad que asusta, fealdad especialmente lamentable en el claustro, que entre arcadas del peor gusto encierra un muy hermoso jardín de hierbas y plantas medicinales, sobre el que se yergue, altivo, el más hermoso ciprés que en mi vida he visto.

Pedí por la biblioteca y, afortunadamente, el joven lego nos franqueó la entrada y nos dejó hurgar solos en los anaqueles, mientras él acudía a otras ocupaciones. Nuestro ojeo resultó algo productivo: pude obtener un interesante sermonario antiguo, a más de varios volúmenes manuscritos con tratados de ciencia médica, y un hermoso tomo de botánica muy bien iluminado. Todos los remitiré a Vd. tan pronto como me encuentre en Madrid y con acceso a los correos regulares, si es que regular puede llamarse algo en estos tiempos azarosos.

Había yo reñido a mi criado porque tuvo el capricho de comprar y vestir una capa a la manera del país. Sin duda no ignora Vd. el sospechoso aspecto de los españoles, que gastan sombrero de ala caída y largas capas con embozo, lo cual les confiere apariencia de maleantes e impide a las gentes civiles verles el rostro. Parecióme indecente que mi criado vistiese de forma tan impropia, y habíale prohibido que en adelante usase la capa española mientras estuviese a mi servicio. En la biblioteca de este monasterio he podido comprobar cuán errado era mi criterio: la capa española de mi fiel James, con su largura, su gran vuelo y su amplio embozo, ha sido el mejor aliado de nuestra incursión. Con razón un proverbio español dice «una buena capa todo lo tapa». La de James ha servido para tapar los hermosos volúmenes que pronto Vd. tendrá en su poder. En adelante no consentiré que James utilice otra vestimenta que la famosa capa española.

Vale.

De Lord Alfred Aston-Howard, a Madame Solange de Vingdor.

Madrid, 29 de noviembre de 1807

Mi muy querida amiga:

Prometí escribir a Vd. cuando hallase mejor acomodo y, aunque el tal señor acomodo no se ha mostrado todavía, cumplo con la promesa de escribir.

Hace pocos días que llegué a Madrid. Habíame yo hecho en los meses transcurridos en París la idea de lo que ha de ser una ciudad moderna e ilustrada, aseada y política, donde la amplitud de los paseos compita con la magnificencia de los edificios públicos, y ésta con la gracia y comodidad de los palacios y moradas particulares. Todo lo contrario he hallado en Madrid: los caminos de llegada son malos y desempedrados, los trámites de entrada lentos y premiosos —aún se penetra en ella por las viejas puertas de las murallas, donde hay que exhibir un sinnúmero de salvoconductos y abonar unas tasas desorbitadas—; las calles, estrechas y oscuras, sucias y sin pavimentar. El barro se halla empastado de desperdicios que arrojan de casas y tenducos; me dicen que en verano son insufribles el polvo y las moscas: ahora lo son los charcos y lodazales. Los hombres visten de forma sospechosa, con amplias capas y grandes sombreros; las mujeres, con afectación y sin elegancia.

No parece haber en toda la ciudad un edificio digno de mérito: los templos son de fachadas estrechas, afeadas además por un cúmulo de columnas salomónicas, volutas y cornucopias. Los palacios no se ven, los paseos no existen. Tal es el triste panorama ante el que me hallo. Y eso que dicen que la ciudad se ha visto mejorada y hermoseada en los últimos reinados, en especial el de Su Majestad el rey don Carlos, tercero de este nombre. Causa espanto pensar cómo sería esta villa antes de las tan celebradas mejoras.

Me alojo desde mi llegada en casa de don Pedro de Sotomayor y Mendoza. Es un hombre de la mejor nobleza de la ciudad, según me dicen, pero nadie lo adivinaría viendo su porte recio y de escasa estatura y sus manos cuadradas de labrador; calvo, de una calvicie rotunda que pone de manifiesto su ancha y cuadrada cabeza, disimula su falta de cabello con una peluca empolvada como las que se usaban en el pasado siglo. Dicen que es hombre chapado a la antigua, y yo lo juraría a fe de su peluca. En mi primera conversación con él, como sintiera calor, tomó su peluca con la mano izquierda y, cual si se tratara de un sombrero, la depositó sobre el velador ante el que nos sentábamos; excuso decir a Vd. cómo quedó el tal mueble con la nevada que cayó de los bucles empolvados. A punto estuve de echarme a reír, y luego a solas hube de reñir a James, a quien se le escapó una sonrisa que, venturosamente, no fue advertida por nuestro huésped.

Presentóme don Pedro a su esposa, doña Josefa de Mendoza. La tal dama se hizo esperar no menos de dos horas: creo que juzga el retraso como una muestra de refinado buen gusto. Al cabo me mandó llamar a sus aposentos, que no fue la tal dama para acudir a recibir a un huésped. Hiciéronme pasar a una antesala de su alcoba, toda decorada de muebles modernos y no del mejor gusto y tan recargada de espejos que resultaba fatigosa la contemplación de la propia imagen multiplicada hasta el infinito por aquel laberinto de lunas pulidas. He de admitir que el efecto no era del todo ingrato, sobre todo por la clara luz que penetraba por un hermoso ventanal que se asoma a un lindo jardín –luego hablaré a Vd. de ese jardín– y que, repitiéndose en los espejos, daba una limpia claridad a la estancia. En este pasatiempo estaba yo cuando de súbito abrióse una puerta de doble hoja, apareció una doncella azorada y con no poca torpeza me hizo una reverencia y anunció la entrada de la señora, como si anunciase la de su mismísima Majestad Británica. Apareció al fin doña Josefa, y con ella cien doñas Josefas más que se copiaban unas a otras: quiero decir que con tantos espejos tuve la impresión de que entraba un ejército de damas.

Es la tal doña Josefa una mujer oronda y no mal agraciada, pero ataviada con un gusto vulgar y llena de afeites. Saludéla con mi mejor cortesía, que ella estimó creo que más por venir de un extranjero que por ser muestra de buena crianza. Me hizo sentar muy cerca de ella, usando de una intimidad impropia con personas que acaban de ser presentadas, en uno de esos muebles modernos que llaman confidentes y que sin duda traerán a Vd. dulces memorias. ¿Recuerda Vd., por ejemplo, cierta tarde de enero pasado en que a la vista de todos y usando de la discreta intimidad que tal mueble nos proporcionaba, ante los mismísimos ojos de la muy casta condesa viuda de Roubaud...? Pero, en fin, aquí me detengo, ya que no es suscitar viejas nostalgias el objeto de mi carta.

Nada sucedió, sin embargo, entre doña Josefa y yo semejante al pasaje de la casa de la condesa de Roubaud. Mientras hablaba con una velocidad asombrosa que ya he notado en varias damas de la mejor sociedad de aquí, pude contar... ¡hasta quince lunares pintados en su rostro! Al parecer, las damas españolas siguen con la costumbre, ya desterrada entre inglesas y francesas, de disimular con auténticos parches negros cada una de las imperfecciones de su piel.

Tuve más tiempo de contemplar a mi huéspeda, mientras ella hablaba sin parar y yo callaba más cortés que complacido. Es mujer de gusto vulgar, cargada de joyas, plumas, dijes, lazos, cintas, escarapelas de raso y otras bagatelas algo anticuadas. ¿Recuerda Vd. aquel color carmesí que hizo furor en París hace no menos de tres años, cuya moda duró no más de dos meses y fue pronto desechado por las damas elegantes, que lo encontraban demasiado visto? Pues precisamente de ese color carmesí vestía, de la cabeza a los pies, doña Josefa. Según he sabido después, es mujer que se precia de ir a la última moda, porque recibe con varios meses y aun años de retraso novedades de París.

Su admiración por todo lo extranjero no tiene límites. A mí me admira no más que por ser inglés, aunque creo que su admiración sería mayor si fuese yo francés, ya que tiene por lo más excelso todo aquello que viene de Francia. Me atrevería a decir que hasta a mi criado lo trata con una deferencia impropia de su clase, no más que por ser un criado extranjero. Desprecia a los españoles y, entre los españoles, a quien más desprecia es a su marido; es un bruto, es un zafio sin educación, un *demodé* —olvidé decir a Vd. que la dama salpica su conversación de abundantes palabras francesas, tanto más graciosas cuanto que la mayor parte de las veces ignora su significado y las usa impropiamente—; nunca llegaremos a nada con estos hombres chapados a la antigua, con estos *moros*[1] que nos tienen encerradas, con la pata quebrada y en casa. Tales eran las muestras de afecto que la señora manifestaba con respecto a su marido.

La señora me retuvo en su gabinete no menos de dos horas, durante las cuales se nos sirvió el chocolate, esa bebida terrible que tanto había denostado en París y a la que al parecer son muy aficionados los españoles y, sobre todo, las españolas. Dicen que gustaban de ella los indios del Nuevo Mundo, de donde se trajo acá, y verdaderamente es propia de pueblos salvajes y sin refinamiento alguno. Añoraba yo entonces una buena taza de té saboreada con pausa al amor del hogar, y hasta hu-

---

1. En español en el original. En adelante, señalamos en cursiva los términos que Lord Aston-Howard utiliza en español en su correspondencia.

biera dado algo por una taza de café de las que tanto me había burlado tiempo atrás en Viena y en el mismo París. Pero no hubo remedio sino tomar un par de jícaras de chocolate, mientras mi anfitriona degustaba no menos de media docena, que bebía como si fuera agua. Acabada la colación y algo languidecida la conversación, como viera la dama que comenzaba a caer la noche, mandó a un criado que me mostrase la casa antes de que se hiciese oscuro y, usando de una familiaridad que me pareció impropia, me despidió con tres besos en las mejillas, costumbre que ella cree francesa; pero yo nunca he visto hacer tal ordinariez a las damas de Francia, que reservan sus besos para ocasiones menos públicas y más gratas, como Vd. bien sabe.

La mansión poco tiene de notable: trátase de un viejo caserón cuya fábrica se remonta a más de siglo y medio atrás; está sito en la calle que llaman del Pez —no he podido averiguar la causa de tan curioso nombre— y es más grande que acondicionado, más destartalado que cómodo y más lóbrego que suntuoso. Las estancias, unas están desnudas y casi vacías, otras amuebladas con pesados muebles antiguos —de un gusto siniestramente español, con altorrelieves de cabezas de guerreros romanos en los respaldos de las sillas de brazos y cristales emplomados en las alacenas: un estilo oscuro y opresivo que evoca las terribles sevicias de la Inquisición— y las menos están decoradas al gusto moderno, con algunos muebles delicados y elegantes y no pocas tapicerías y cortinajes desmañados y burdos, que desdicen del mobiliario. En verdad, en las casas españolas parecen estar ausentes tanto la comodidad de las inglesas como la finura y elegancia de las francesas.

A esto hay que añadir que no existe ni una sola chimenea en toda la casa. Tampoco he visto ninguna de las eficientes estufas de mayólica, tan frecuentes en los palacios y casas acomodadas de Austria, Polonia y Alemania. Se preguntará Vd. cómo se calientan entonces las estancias, condición importantísima para lograr un mínimo de acomodo. Pues bien, se sirven de los llamados *braseros*, armatostes portátiles de cobre o de latón en forma de gran plato, en cuyo interior se consumen un puñado de pedazos de carbón mezclado con espliego. Excuso decirle la ineficacia de estos artefactos, incapaces de caldear mínimamente un cuarto, pero que producen un aire sofocante con su tufo y manchan todo con su ceniza. Salir de una de las habitaciones así escaldadas al corredor es –aunque ahora todavía no hace mucho frío– una experiencia similar a la de salir de un salón a la calle sin levita.

Hay sin embargo en la casa una pequeña joya que sus habitantes parecen no apreciar en lo que vale. Pero yo daría la mitad de mi hacienda por poder trasladarla a mi mansión de Bicester: es el jardín al que ya dije a Vd. que se asomaba el ventanal del gabinete de doña Josefa.

A decir verdad, toda la casa se asoma al jardín, pues está construida a la manera de las antiguas mansiones romanas que he visto en Pompeya y otros lugares de Italia: sólo unas pocas ventanas y un estrecho portal –capaz apenas para permitir el paso de un carruaje– se asoman al exterior, pero todas las estancias tienen una ventana que da a un hermoso patio interior cuadrangular, en el que crece el jardín. El silencio, la armonía y la paz que esto confiere al conjunto de la casa es digno de todo elogio; afuera quedan el vocerío y la suciedad de las calles y toda la casa y sus habitantes se vuelven hacia este remanso magnífico de paz y belleza.

Escribo a Vd. sentado ante la ventana de mi alcoba —a los pies tengo el dichoso brasero de turno—, sin apartar los ojos del jardín. ¿Cómo podría describirlo a Vd.? No es un ordenado y aseado jardín a la francesa, con sus arriates bien definidos y sus setos podados artísticamente por la pericia de los jardineros. Es, como si dijéramos, un jardín salvaje, y en ese descuido y ese desorden radica precisamente su encanto. En su centro, una fuente pequeña canta eternamente, su pilón de mármol lamido sin cesar por un hilo de agua —más producto del descuido de una avería mal reparada en el caño que del artificio— que va dejando en la blancura del mármol un sendero de verdín. En torno a ella nacen sin orden, sin que la mano de un jardinero que parece no existir intervenga en su crecimiento, un sinfín de plantas a las que el descuido ha dejado convertir en matorrales; enredándose unas con otras, muestran unas sus flores tardías, otras sus aromas todavía vivos, aquéllas el esplendor de su verdura perenne, éstas el oro viejo y el cobre de sus hojas que empiezan a morir. Hay un muy hermoso rosal de rosas rojas de otoño, medio sofocado por el verdor de una hiedra oscura, casi negra, que trepa también por el tronco de los árboles: un altivo ciprés que compite con la hiedra en negrura, una acacia que ha perdido ya casi todas sus hojas, lo mismo que un robusto plátano enfrentado con ella. Sobre la pared frontera al lugar en que me encuentro, un lilo trepador muestra sus graciosas guirnaldas —que han de ser dignas de admiración en primavera, con la eclosión de sus racimos de flores malva— y una parra virgen enrojece en un color de fuego antes de quedar desnuda por el invierno. Para mayor encanto, nadie parece ocuparse de barrer las hojas que caen por doquier y se depositan sobre el suelo y sobre las plantas más bajas, a manera de un piadoso sudario que una mano caritativa deja caer sobre el rostro muerto de una persona querida. El conjunto es de tal encanto y melancolía que, ahora que releo mi pintura, resulta pálida y sin brillo al lado de este rincón encantador, el único verdaderamente grato que he encontrado en el tiempo de mi estancia en España.

Nada más puedo decir a Vd. después de haber hablado de esta belleza; como la hermosura de una mujer, merece silencio y contemplación.

Vale.

De Lord Alfred Aston-Howard a Madame de Vingdor.

Madrid, 8 de diciembre de 1807

Mi muy querida amiga:

Hállome ya algo más reconciliado con este Madrid y esta casa en la que vivo. Ya he comenzado a frecuentar algo la sociedad, que –aunque no tan refinada como la de París– es sin embargo amable.

La otra noche fui invitado a la *tertulia* de la condesa de X., que forma parte de la mejor nobleza española. Era notable la concurrencia, tanto de damas y de caballeros como de eclesiásticos, especie que abunda en el país en versión masculina y femenina, pues en ningún otro sitio he visto tanta copia de curas y monjas: no es de extrañar que con tantos célibes se halle despoblada esta tierra.

Los salones de la condesa se precian de ser de los más finos y alegres de Madrid; posee esta señora un magnífico palacio en la calle que llaman del Barquillo, amén de una dicen que hermosa finca a las afueras de la villa. El palacio, desde luego, es espléndido, y no menos lo era la concurrencia: estaban allí los embajadores de Francia, de Portugal y de Turquía; el Nuncio de Su Santidad, caballeros *hidalgos* de la más rancia nobleza hispana y un buen ramillete de las más hermosas mujeres de la Corte. No faltaba entre ellas la duquesa de D., la más famosa rival de la condesa en la sociedad madrileña. Compiten ambas damas en todo: en trajes, en galas, en modas, en joyas, en coches, en lacayos, en fiestas y en lo que aquí llaman *cortejos*, sumisos servidores amorosos que, según dicen, son moda traída de Francia. El cortejo de la condesa es un joven aristócrata, fino pero algo frívolo e insustancial, que no se aparta un minuto de su lado y obedece todos sus caprichos, por tiránicos que sean; no menos sumiso es el cortejo de la duquesa, un bellísimo mancebo de oscuro origen, que dicen que fue fraile y colgó los hábitos por servirla, lo cual añade mayor picante a la situación. Seguramente será mentira, pero la buena sociedad bien sabe Vd. que suele deleitarse en estas pequeñas maledicencias.

Compiten estas dos damas también en favorecer a músicos, a pintores y muy especialmente a *toreros*, como llaman aquí a esos desdichados audaces que, más por necesidad que por gusto, exhiben inútilmente su valor ante terribles fieras, para deleite del populacho. Pero entre la aristocracia madrileña están, al parecer, de moda las diversiones chabacanas propias del vulgo, y los más envarados duques y marqueses son capaces de batirse en duelo en defensa del pobre arte de uno de estos *toreros*, mientras las damas no dudan en confundirse con costureras y fregonas en esas fiestas públicas que llaman *romerías*, y que consisten en que todos acudan a los descampados de los alrededores de la villa a mancharse de polvo y lodo, a comer en el suelo una comida desabrida y fría y a mezclarse con el olor a sudor y ajos del populacho.

Volviendo a la fiesta en casa de la condesa, me llamó la atención desde el principio ver, mezclados con la selecta concurrencia, una serie de jóvenes de buen aspecto, pero vestidos de *majos* y *majas* a la manera popular: todos con la redecilla de madroños con la que se cubre el cabello la gente del pueblo, ellos con su calzón ajustado y su media no menos apretada y ellas —lo más turbador de todo— con esos prietos corpiños que más realzan que disimulan las gracias de una buena moza del pueblo, mal cubiertas con la pañoleta. Pensé al principio que serían criados, así de impropiamente vestidos para atender a la recepción. Pero visto que se mezclaban con los invitados y eran bien acogidos por unos y por otros, estúveme un tiempo suspenso sin saber qué pensar. De pronto, comenzó uno de ellos a rasguear una guitarra y todos se dispusieron y comenzaron a danzar con una gracia inigualable. Ellos y ellas tocaban con tanto encanto las *castañuelas*, movían con tan sabrosos gestos brazos y piernas, que no podían sino encandilar a quien los miraba. Deduje entonces que se trataba de danzarines profesionales, hijos del pueblo, que acudían a deleitar a la nobleza madrileña con sus bailes y músicas.

Cuál no sería mi sorpresa cuando me dijeron que aquellos jóvenes eran hijos de la mejor sociedad madrileña, algunos de los cuales tenían más títulos y nobleza más antigua que muchos de los embajadores allí presentes. Parece ser que esto forma parte también de la moda de imitar las costumbres del pueblo que se ha extendido entre la nobleza de Madrid, y es uso común acudir vestido de *majo* a las recepciones donde se supone que se ha de bailar. Estuve luego hablando con uno de los danzarines, el que me pareció más ágil y gracioso, y resultó ser un Caballero de la Orden de Santiago, hijo del marqués de M. y oficial del ejército español, más por afición y ardor guerrero que por necesidad de oficio. Prometió enviarme a su maestro de baile, para que me enseñe algunos de los aires más famosos del país; y a su sastre, para que me confeccione en pocos días mi traje de *majo*, que me permitirá asistir a los bailes sin desdecir. Le he agradecido profundamente la fineza, y ya estoy encantado con la perspectiva de bailar el *fandango* –danza cuya provocativa lascivia es difícil de describir con palabras– y tocar las *castañuelas*.

También he empleado varias mañanas en recorrer, a pie y acompañado del fiel James, algunas de las calles de la villa. Hay pocos monumentos notables, las calles están embarradas y sucias, apenas existe iluminación pública, de modo que en cuanto oscurece la mayoría de las calles y plazas se tornan tan oscuras que es imposible caminar por ellas con alguna seguridad. Todo parece angosto: las fachadas de los edificios son de una estrechez engañosa, ya que tras tan exiguas portadas se ocultan a veces extensísimas mansiones dispuestas en torno a patios interiores, que sólo se asoman al exterior por esas ridículas caretas; las casas, muchas de ellas construidas a la malicia para alzar un piso más –que no se ve desde fuera–, parecen amontonarse unas sobre otras. Añádase que las calles son estrechas y forman entre todas ellas un bonito laberinto, en el que se atascan los carros de mercaderías, se espantan los caballos, se arrojan los desperdicios y las aguas por las ventanas y proliferan por doquier los puestecillos ambulantes de toda clase de golosinas y bagatelas: los hay de cajas de chocolate y de cintas para las damas, de buñuelos y de botones de nácar, de abanicos baratos y de castañas asadas, de rosas de otoño y de randas. En algunos de estos que llamo puestos ambulantes, todo el comercio lo constituye una batea de cartón o un azafate manido que lleva en las manos una muchacha.

Algunas de estas muchachas son muy lindas, aunque dejan sentirse ya en sus rostros y en sus ademanes los estragos de una vida miserable, que sin duda las ha de llevar por el mal camino. En las cercanías de mi casa, es en la calle que llaman Corredera y en la plazuela de San Ildefonso donde más abunda este comercio miserable, que sin embargo parece que da de comer a muchas de estas que llaman *majas*, muchachas del pueblo cuya única preocupación es, por otra parte, obtener cuanto antes las míseras monedas que les permitan comer en el día y escapar pronto a solazarse a las riberas del río, donde se juntan y danzan, ríen y hacen donaires con sus *majos*. ¡Cuán mejor aprovechadas serían las vidas de estas jóvenes si se las educase desde niñas para ser mujeres de bien, se las sujetase a labores propias de su sexo —como el tejido y el bordado— que pudieran servirles a la par para obtener su sustento con un honrado trabajo y para prepararse para el matrimonio con un trabajador asimismo honrado! Pero hállanse estas pobres criaturas del pueblo sueltas a su albedrío, expuestas a mil peligros y sin más oficio que el de ganarse la vida al día y entregarse a ociosas danzas y pasatiempos. Pocas son las que acaban en un matrimonio honrado, y muchas las que se pierden.

Mas forzoso es decir que, mientras se pierden o no se pierden, su contemplación es un auténtico recreo para la vista: tienen por gala llevar los brazos prácticamente desnudos, incluso en el tiempo más frío, y a fe que la contemplación de esas extremidades sonrosadas y vigorosas, un punto entradas en carnes, es un verdadero estímulo que incita a comprobar la fogosidad de estas damitas, tan calurosas que no parecen tener frío en pleno diciembre; a eso se añade la coquetería con que saben resaltar la menudez del pie, siempre envuelto en medias llamativas y calzado con el zapato más fino, digno de una duquesa, y siempre generosamente mostrado por la cortedad de la falda. Los corpiños descotados y los cabellos sueltos, recogidos si acaso en una redecilla de madroños o graciosamente tocados con una *mantilla* que más realza que cubre, vienen a hacer el resto. Imagínese Vd. qué dulce tormento para un extranjero como yo perderse en una de estas calles que semejan mercados improvisados, donde decenas de muchachas como éstas, a cual más incitante, se acercan al paseante ofreciéndole una una flor, otra una golosina que sería más deliciosa tomada de sus labios. Verdaderamente, son estas *majas* una de las mayores gracias de Madrid, y comprendo el empeño de las damas de la mejor sociedad por imitarlas, pues saben que así encienden por igual el deseo y la admiración de nobles y plebeyos.

Sin embargo, no crea Vd. que sólo dedico mis ocios a los salones y a los incitantes callejeos. Ayer fui con don

Pedro de Sotomayor y Mendoza, mi huésped, a visitar la iglesia de la Hermandad del Refugio y la Piedad de Madrid, de la que es devoto y destacado miembro. Trátase de un templo notable, engañosamente oculto –como suele ser en esta ciudad, que parece avergonzarse de sus méritos y querer encubrirlos con una capa de abandono y de miseria– tras una pobre y exigua portada de granito. Pero el interior, aunque no excesivamente grande, es de una armonía y una elegancia como pocas veces he visto en España, y que recuerda más bien el refinamiento un tanto abrumador de Italia: el templo es de forma oval, coronado por una cúpula también ovalada, y totalmente diáfano (por una vez, el arquitecto ha tenido el buen gusto de relegar el coro a una tribuna alta con celosías, y no colocarlo en el medio, interrumpiendo torpemente la perspectiva). Los muros están totalmente cubiertos de frescos, algunos de mucho mérito, representando los milagros de San Antonio, a cuya advocación está dedicada la capilla y, en los frisos más bajos, imágenes de reyes santos, por ser templo con categoría de capilla real.

Adjunto a la capilla está el Hospital de San Antonio de los Alemanes, que también visitamos. Hace el hospital una meritoria labor de acogimiento y benéfica ayuda a los miserables que por doquier pululan, las más de las veces enfermos y siempre hambrientos y carentes de abrigo; se ocupa además del traslado de los dementes al hospital de locos de Zaragoza, penoso viaje que los desdichados hacen en unas sillas de manos preparadas al efecto, que más se asemejan a un ataúd para enajenados. Aunque el edificio es húmedo y poco aseado y de nula comodidad, no pude evitar que me conmovieran la muchedumbre de desdichados allí acogidos, la abnegada dedicación de los escasos enfermeros y la tierna caridad de mi huésped, que –aun siendo de sangre noble– se aviene a visitar cada día a estos desposeídos, repartiendo a unos limosnas, a otros ropas y a todos afable conversación. Si alguna vez me burlé en mis cartas a Vd. de mi amable huésped, pido desde ahora perdón al Cielo: viéndole departir con los miserables como si fueran sus iguales y ocuparse de sus dolores y necesidades, se me olvidaron lo anticuado de su traje a la vieja usanza, lo ridículo de su peluca empolvada pasada de moda. Es, en verdad, un hombre de notables prendas, al que hace imposible la vida una mujer tiránica e insoportable.

Precisamente de sus problemas conyugales estuvo hablándome en el camino de vuelta a casa –lo cual, si bien se mira, constituye una imperdonable falta de tacto y discreción por su parte, pero hoy estaba yo dispuesto a perdonárselo todo a mi bondadoso huésped–, y muy especialmente de lo que considera pecaminosa frivolidad por parte de su mujer. No he dicho a Vd. –aunque seguramente habrá podido Vd. deducirlo del retrato que de él he hecho– que es hombre chapado a la antigua, y no sólo en el vestir: sus convicciones y su moral son las de un auténtico *hidalgo*. Duélese de la marcha del mundo, de España y de su casa. De la primera, por los terribles acontecimientos de Francia, país que considera abocado a la perdición o tal vez cuna de la perdición misma; todas las corrupciones, todas las perniciosas ideas capaces de pudrir el mundo tienen origen en el dulce país de Vd., según nuestro amigo; tiembla sólo de pensar que libros y gacetas impresos en ese país maldito puedan estar circulando por la católica España.

Por lo que respecta a lo segundo –es decir, la marcha

de España–, duélese nuestro hombre de la desvitalización de la nobleza, cada vez más alejada de Dios y corrompida por ideas francesas y por la chabacana imitación del populacho; y, muy especialmente, aterra a nuestro hombre la difusión de perniciosas ideas tendentes a limitar y constreñir la autoridad real que, como todo el mundo sabe y Vd. convendrá conmigo como buen inglés –me dijo–, viene directamente de Dios. Líbreme Dios de negar el origen divino de la autoridad de nuestro buen rey George, le dije, aunque me reservé la opinión de que hay monarquías y monarquías, y evidentemente unas están más inspiradas por Dios que otras: la española no es de las más inspiradas.

Excuso decirle cuál es el terror de mi buen don Pedro cuando considera el estado de su propia casa: con una mujer que presume de admirar todo lo extranjero y de imitar a Francia, que lee gacetas francesas –aunque sólo sean de modas y otras frivolidades– y que –según me confesó contrito– ha llegado a hacer mofa del sagrado vínculo del matrimonio pretendiendo tener cortejo, a lo que su marido se ha opuesto terminantemente con la amenaza de recluirla en un convento. Sí, mi dulce amiga, no se sorprenda Vd. de esto: en España, al parecer, todavía algunos maridos recluyen en conventos –que más que casas de oración son auténticas cárceles– a las mujeres descarriadas de su familia, sean hijas, sobrinas o incluso esposas.

Sin embargo, forzoso es decir que no me imagino a don Pedro recluyendo en un convento de recogidas a doña Josefa, con todos sus lunares y bagatelas. Haría falta una determinación que mi bondadoso huésped no tiene; por tanto, a don Pedro de Sotomayor no le queda sino refugiarse en las prácticas piadosas y las obras de caridad, para tratar de detener en algo la inexorable marcha hacia la perdición del mundo, de Francia, de España, de la monarquía, de la nobleza, de su casa y de doña Josefa, por este orden. Sólo le consuela la gracia y buen natural de su amada hija Pepita, criatura que −de ser ciertas todas las alabanzas de su padre− ha de ser una Palas Atenea en inteligencia, una Venus en belleza, una Lucrecia en castidad, una Circe en encantos, una Marta en diligencia y una María en piedad. No tengo el gusto de conocerla, pues al parecer esa damita que resume en su persona el panteón y el santoral se encuentra lejos de aquí, interna en un severo colegio de religiosas que la educan (sin duda para alejarla de la nefasta influencia de su madre).

Creo, mi dulce amiga, que ya me he entretenido lo bastante en este ameno pasatiempo que tanto se usa en los salones de París y que en España −donde también hay salones− se denomina con el curioso nombre de *cortar trajes*. Dejo a Vd., que me avisa James de que ha llegado el sastre, este sí, con la intención de cortar y coser para mí un auténtico traje de *majo*.

Vale.

De Lord Alfred Aston-Howard a Mr. John Adams, comerciante de Londres.

Madrid, 18 de diciembre de 1807

Mi estimado amigo:

Tal como le prometí, escribo a Vd. desde Madrid para

darle noticia de los últimos hallazgos, que espero que sean del gusto de Vd.

Dispongo de algunos objetos de cierto mérito, adquiridos en los últimos días: una salvilla de plata, al parecer del siglo XVI, cincelada por el célebre orfebre sevillano Cárcer, que pertenecía a la duquesa de Benavente; un relicario de marfil, bien trabajado en estilo bizantino, procedente del monasterio de Santo Domingo de Silos; amén de una talla en madera estofada, representando a Santa Ana, que procede de la iglesia de Las Rozas, pequeño pueblo cercano a Madrid. Todo ello se lo envío con persona de confianza.

Creo que he encontrado una auténtica joya, pero difícil de conseguir. Trátase de un espléndido cuadro al óleo, de medida como de cuatro por seis pies, representando a una dama con su hijo, ambos ataviados con vestimenta española del siglo XVII. La factura, el estilo, el dominio del color y la delicadeza de la ejecución me inclinan a pensar que su autor pudo ser el gran Velázquez, o en el peor de los casos uno de sus discípulos más diestros y aventajados. Es espléndido el tratamiento de los brillos del vestido azul de la dama, bordado con menudas perlas, y el del cuello de puntas del joven, que representa como unos quince o dieciséis años. La expresividad de los retratos, y muy especialmente la viveza de la mirada, lo señalan como obra de un autor de primera fila.

El problema es que no sé cómo podré obtener tan magnífica obra, pues se encuentra expuesta en una casa particular que frecuento y cuyos moradores tienen el dicho cuadro en gran estima. Creo que de ninguna manera estarían dispuestos a venderlo, y obtenerlo por otros medios parece imposible, tanto por el tamaño de la obra como por estar expuesto en lugar muy visible, que haría evidente su falta. No sé cómo se podrá arreglar. Le tendré a Vd. al tanto de mis gestiones.

Reciba entretanto el testimonio de mi consideración más distinguida.

De Lord Alfred Aston-Howard a Madame de Vingdor.

Madrid, 20 de diciembre de 1807

Mi muy estimada amiga:

Acaba de llegar a mis manos su deliciosa carta de Vd. ¡Cuánto siento la desdichada muerte de nuestra buena amiga la condesa de Gleves, que tan buenos y gratos servicios nos prestó a Vd. y a mí en la memorable ocasión que Vd. sabe! Era en verdad una mujer admirable, llena de encanto y de fina elegancia aún a sus casi ochenta años; procuró en todo momento dispensar amor y felicidad a cuantos la rodeaban, en su juventud nadie la aventajó en generosidad y en su vejez supo ser indulgente con las debilidades humanas. Descanse en paz esta magnífica dama. Muchos serán los que la echen en falta.

Mi vida en Madrid sigue siendo tan monótona y distraída como ya le conté: los días transcurren sin sentir, sin más ocupaciones que el callejear o el acudir aquí o allá a alguna de las *tertulias* o tomar mis clases de danza española con el maestro de baile que me cedió mi joven y simpático contertulio. En verdad, ya estoy un poco fastidiado de dar vueltas por los mismos lugares

–la ciudad no es muy grande y a los pocos pasos se encuentra uno en el campo– y asistir siempre a los mismos salones.

Paso mucho más tiempo en casa, que me parece ahora menos incómoda y desapacible que el primer día. Procuro disfrutar del hermoso y salvaje jardín, al que bajo siempre que hace sol, pues una de las cosas verdaderamente apreciables de este Madrid –por otra parte tan poco interesante– es precisamente la luz y la cálida caricia del sol en los días despejados, aun en los del mes de diciembre: el cielo tiene una tonalidad azul intenso como no se ve en Francia ni aun en pleno verano –excuso calificar los cielos de mi querida Inglaterra– y todas las cosas se ven bañadas por una luz tan deslumbrante y un aire tan delicado que invitan al paseo al aire libre. No conviene, sin embargo, confiarse, pues esta claridad del cielo, esta luminosidad realmente divina se deben en gran parte a un airecillo sutil pero helado que baja de la no lejana *sierra*. Pero bien abrigado y buscando las zonas caldeadas por el sol, es muy grato recorrer el laberinto de este jardincillo cuyos encantos, como los de una mujer hermosa, se muestran poco a poco, con coquetería y parsimonia. Es admirable que aún haya rosas en este tiempo.

He descubierto otra hermosa joya en esta casa, que me tiene enamorado hasta el punto de que daría cualquier cosa por poseerla. No, no tema Vd.: la mujer que roba así mis gustos y deseos –porque, en efecto, se trata de una mujer– no es de carne y hueso, sino pintada.

Se me mostró en toda su hermosura en una de las fastidiosas visitas a los aposentos de doña Josefa. La buena señora –que cada día que pasa va tomándose conmigo más peligrosas confianzas— me hizo pasar aquella tarde no a su gabinete sino a su mismísimo tocador, costumbre incalificable e impropia de una verdadera señora, pero que al parecer las damas afrancesadas de España tienen como el colmo de la fineza.

Está el dicho cuarto todo él tapizado de una seda verde manzana, no de mal gusto pero algo pasada de moda. Domina uno de los testeros un amplio ventanal que da sobre el jardín; y frontero a la ventana, recibiendo de plano la luz apenas tamizada por la verdura del jardín, hay un hermoso cuadro que robó de inmediato mi atención.

Pregunté a doña Josefa por él y la señora, como sin darle importancia —pero estaba que no cabía en sí de orgullo y satisfacción— me explicó que no era nada, una niñería, un recuerdo de familia, un retrato de unos antepasados. Creo que llegó a una felicidad cercana al éxtasis —sin yo procurarlo, claro— cuando le inquirí acerca de las personas en él representadas.

Se trata, al parecer, de una ilustre antepasada de doña Josefa, retratada con su hijo. La dama se llamó doña Gracia de Mendoza, de quien descienden tanto mi ilustre huéspeda como su esposo, que son medio primos. Acto seguido, doña Josefa se perdió en un dédalo de apellidos ilustres, linajes nobles, hidalgos limpios de sangre y otras ordinarieces de las que sólo hablan con tanto entusiasmo quienes acaban de adquirirlas. Me contó la buena señora la historia entera de su familia, tan monótona y embrollada como puede Vd. imaginar, y todo fue a parar en que tanto su esposo como ella descendían por lo menos del último rey godo. Pero yo ya estaba prendado de la dama del cuadro, tan diestramente retratada por un pintor cuya pericia recuerda el genio de Velázquez.

Imagínese Vd. unos ojos color de aguamarina, un cabello dorado como la miel enmarcando el óvalo del rostro más hermoso que he visto jamás (recuerde, mi bella amiga, que se trata sólo de una pintura: espero que no tome a descortesía lo que le digo). Un rostro que refleja no sólo belleza, sino una rara inteligencia, un espíritu vivaz e inquieto que pugna por mostrarse; y lo hace a través de una mirada como nunca he visto en un cuadro: unos ojos que parecen seguir al espectador con una mezcla de desafío y burla, de afabilidad e ironía. En nada afean a esta dama las anticuadas galas de la época –un envarado traje de raso azul salpicado de aljófares– y, pese a la postura hierática y la gravedad que afecta, parece a punto de ponerse en pie, saltar del cuadro y emprender una graciosa conversación.

Junto a ella, resulta deslucida y pobre la figura de su hijo, don Pablo de Corredera y Mendoza, ilustrísimo bisabuelo, o tatarabuelo, o sabe Dios qué, de mi parlanchina interlocutora. Es un mancebo de unos quince o dieciséis años, vestido a la usanza de los nobles de la época –con su espada y todo, como corresponde a un joven *hidalgo*– y de sorprendente parecido con su madre: el mismo rostro delicado, los mismos cabellos finos y rubios, más propios de gentes del norte que de individuos meridionales, las mismas manos aristócratas de quien ha pasado su vida en ocioso recreo. Pero en él los mismos rasgos no tienen idéntica nobleza, como si en el paso de una generación a otra se hubiese debilitado la fuerza de la estirpe.

Trascurrió toda la tarde en compañía de doña Josefa, encantada de tenerme en su intimidad, y yo embebido en la belleza de una dama inexistente. Cuando me retiré a mi cuarto no pude por menos de encontrar cómica la situación: doña Josefa finge conmigo un adulterio puramente verbal, consistente en marearme con su cháchara; y yo le soy infiel de una manera no menos fingida, con una mujer que sólo existe en pintura.

Anoche interrumpí la epístola a Vd. cuando mi fiel James acudió a anunciarme la cena. No puede Vd. imaginar cuántos pensamientos han abrumado mi cerebro desde entonces. Apenas pude pasar bocado durante la cena con mis huéspedes, que me pareció más tediosa que de costumbre, y la conversación de ellos más vana y palabrera de lo que suele. Casi no he dormido esta noche, agitándome en mi lecho poseído por una obsesión. Ríase Vd., amiga mía, y yo le diré que tiene razón en reírse y que yo mismo me reiría de mí si no estuviesen mi ánimo tan agitado, mi mente tan obsesa y mi espíritu tan atormentado. Pues, en efecto, todas estas zozobras de mi ánimo se deben al influjo que sobre mí tuvo la contemplación de la dama del cuadro.

¿No es absurdo, no es estúpido, no es una locura sufrir por una dama inexistente? Su rostro delicado no se aparta de mi memoria, su recuerdo no me deja vivir. ¿Estaré enamorado de una pintura, habrá robado mi espíritu una dama que vivió y murió hace más de un siglo?

Pero sí, éste es mi estado. Sólo de pensar que ella vivió en esta misma casa en la que me hallo, que deambuló por los mismos corredores y tal vez durmió en mi misma alcoba, que sin duda se recreó en el mismo maravilloso jardín, me asalta una cruel y dulcísima excitación, como cuando ocupamos el asiento aún tibio sobre el que se sentó la persona amada, o sorprendemos restos de su perfume al entrar en un cuarto vacío.

Por doquier me parece poder encontrar su rostro: si cruzo ante algún espejo creo ver en él el reflejo de sus ojos color aguamarina, si entro en una estancia oscura me parece que va a surgir de la penumbra y creo encontrarla en cada recodo del jardín. Oh, amiga en quien he puesto toda mi confianza, no se burle Vd. de mi debilidad ni sienta celos por ella, pues caería Vd. en la misma sinrazón que yo: dejarse arrebatar por pasiones que suscita una mujer que no existe.

Me he propuesto solicitar a mi huésped que me permita entrar en la biblioteca, que queda en el ala norte de la casa y que siempre se encuentra cerrada −el bueno de don Pedro no se precia de ilustrado y, en cuanto a su mujer, sólo le interesan las gacetas francesas−. En ella tengo la esperanza de encontrar algún libro, algún papel, algún legajo que me permita saber algo más de mi bella desconocida. Quién sabe si no podré hallar incluso alguna carta escrita por su mano, una leve noticia tal vez insignificante, pero que para mí tendría el valor de un tesoro.

Vale.

De Lord Alfred Aston-Howard a Mr. Henry Ivory, librero de Londres.

Madrid, 25 de diciembre 1807

Mi muy estimado amigo:

Adjunto le envío unos pequeños hallazgos que espero sean de su interés.

He seleccionado para Vd. algunas joyitas de lo que debió de ser la biblioteca de un hombre docto de hace poco menos de ciento cincuenta años, en la que he tenido la oportunidad de hacer un despojo. Su primitivo dueño hubo de ser un noble español desconocido, esposo de la también noble dama doña Gracia de Mendoza; digo esto para que sepa que puedo responder de su autenticidad y antigüedad.

Como puede ver, le remito un muy hermoso *Dioscórides castellano* lleno de delicadas ilustraciones de plantas y flores. Asimismo, una *Cosmografía* de Olao Magno bellamente encuadernada, como los tomitos con las obras de Tácito y las epístolas de Séneca en latín, que espero serán de su agrado. He desechado de momento una edición de la *Silva* de Mexía, por ser libro no muy difícil de encontrar, y otro libro con los *Colloquia* de Erasmo sobre el cual la barbarie de la Inquisición se ha cebado tachando sañudamente con tinta más negra que la pez varias de sus páginas, e incluso la propia efigie del venerable pensador. Tal vez este último pueda tener su interés, precisamente por tratarse de un ejemplar censurado. Dígame si le agrada, y yo se lo enviaré por la posta lo más brevemente posible.

Si está Vd. interesado en manuscritos, tengo en mi poder uno de cierto interés, anónimo, titulado *Las semanas del jardín*.

Quedo atentísimo a sus noticias.

De Lord Alfred Aston-Howard a Madame de Vingdor.

Madrid, 31 de diciembre de 1807

Mi muy estimada amiga:

No acierto a exprimir a Vd. la emoción, la sorpresa y la alteración que ha producido en mi ánimo la visita a la biblioteca de la casa. Llevo en ella sumido una semana, para extrañeza de mis huéspedes e impertinente solicitud de mis ya extensas amistades en Madrid. Todos me importunan preguntándome por qué no voy al paseo del Prado o a los salones de la condesa de X, como solía, y hacen de mí cariñosa burla diciéndome si me he metido ermitaño, pues hace días que no sólo no salgo a la calle, pero que ni siquiera me siento a la mesa, y me hago traer la comida en una bandeja por mi criado James. En la bandeja viene de vez en cuando un billetito de la condesa, del embajador de Portugal, de algún ilustre amigo o de doña Josefa misma, que me requieren para ir a un baile o a un paseo, o me reprochan tenerlos tan abandonados y no haberles devuelto la última visita. Pero yo de ninguno me cuido y, aun a riesgo de parecer descortés, sigo sumido en mi deliciosa ocupación.

Figúrese Vd. una sala de razonables proporciones, aunque atiborrada de muebles viejos, tapices desechados y objetos inservibles, todos ellos amontonados de cualquier forma y cubiertos de polvo: tal es la llamada biblioteca de esta casa, que no en vano ha pasado tantos años cerrada y sin que nadie se aventurase en ella.

La pared sur, empero, está cubierta de estanterías de maderas nobles, que abarcan desde el suelo hasta el techo. Imagine la cantidad de libros que, apretados los unos con los otros sin dejar apenas un resquicio, pueden caber en semejante estancia.

Comencé a husmear en tan notable biblioteca, sacudiendo como podía el polvo (el segundo día ya encargué al fiel James que fuese aventando previamente con un plumero cada uno de los volúmenes que yo iba examinando) y haciendo escapar en veloz carrera esas pequeñas sabandijas comedoras de papel que, según me informan, aquí reciben el pintoresco nombre de *pececitos de plata*. Pude comprobar que la mayor parte de los volúmenes están impresos entre 1550 y 1665, y no sólo en España, pero también en Italia y Holanda. Lo primero que pensé es que los anteriores moradores de la casa debieron de ser gentes cultas, pues a la vista está que esta biblioteca no pertenece ni ha pertenecido —en el sentido en que pertenecen a alguien los libros: cuando se leen— a don Pedro ni a doña Josefa ni a ninguno de sus más directos antecesores, a juzgar por el estado de abandono y deterioro en que se encuentra.

Caí en la cuenta de que la mayor parte de los libros habrían estado ya en esta misma sala cuando vivió la dama del cuadro, y no pude por menos que deducir que el desconocido esposo de doña Gracia de Mendoza —quien calculo que estaba ya viuda cuando se pintó el cuadro que la representa con su hijo— hubo de ser un auténtico letrado, de una amplia curiosidad intelectual: había allí un poco de todo, desde tratados latinos de Tácito hasta las cartas de Séneca, la *Historia Natural* de Plinio, las *Metamorfosis* del gran Ovidio y el *Bello Iudaico* de Flavio Josefo. Pues de libros en romance, hallé la historia del asno de Lucio Apuleyo en una muy hermosa traducción castellana, las *Etiópicas* de Heliodoro sacadas del griego en lengua castellana, crónicas de historia, la *Silva* de Mexía y los doctos tratados del obispo de Mondoñedo, amén de unos muy hermosamente ilustrados tratados médicos, de farmacopea y botánica y mapas de todas las regiones del mundo conocidas hace casi dos siglos, además de un curioso opúsculo sobre el principio del péndulo. No puedo detallar a Vd. la variedad de saberes, la hermosura de tipos y encuadernaciones, que yacían olvidados desde hace décadas bajo una capa de polvo y olvido.

Pero aún no había llegado al culmen de mi sorpresa: necio de mí, había pensado que tan espléndida biblioteca había de pertenecer a un hombre cultivado, mas me equivocaba. Caí en mi error cuando, al abrir uno de los volúmenes, pude leer en la página de respeto, escrito con una letra clara, firme y elegante: «Este libro es de doña Gracia de Mendoza». Era un volumen de las *Décadas* de Tito Livio, en latín. Busqué frenéticamente, como poseído de una fuerza sobrenatural que me agitaba, en las páginas de respeto de otros volúmenes: todos llevaban la misma frase, rubricada con una firma a modo de ex libris. Así que tan espléndida biblioteca, sorprendente tesoro del más culto hombre de su época, no era de un hombre sino de una mujer: de la misma doña Gracia de Mendoza, que al parecer leía tanto latín como romance y entendía lo mismo de anatomía que de relojes, de vidas de césares y de tratados sobre el gobierno de la república. ¡Cuán necio había yo sido considerando a la bella mujer del cuadro como una dama ignorante, tal vez analfabeta, como muchas de las damas de calidad de aquella época bárbara, en que se despreciaban las cualidades del sexo y se relegaba a las más finas inteligencias femeninas a la incultura y la falta de instrucción! Doña Gracia, al parecer, formaba una auténtica excepción entre las damas de su época y su instrucción y cultivo de su espíritu harían, por lo que veo, palidecer a muchos hombres doctos aun hoy día.

Excuso decirle que mi locura, mi agitación, mi insania han llegado al extremo: la bella que me fascinó muda en un cuadro, estática en una pose de pintor, se me muestra ahora como un espíritu cultivado y sensible, exhibe ante mí −al cabo de los siglos− su mucho saber y la gracia de su escritura menuda y elegante.

He hallado también un manuscrito anónimo. No es de la misma letra, sino de otra más grande y desmañada, aunque no carente de gracia. No obstante, espero que arroje alguna luz sobre la vida y hechos de mi hermosa desconocida: se titula *Las semanas del jardín* y, o mucho me equivoco, o ha de referirse al hermoso jardín central de la casa, del que tanto y tan elogiosamente le he hablado. Tal vez pueda, a través de él, averiguar alguna cosa de la vida en esta casa en tiempos de doña Gracia de Mendoza.

Vale.

De Lord Alfred Aston-Howard a Lady Aston-Howard en Bicester, Inglaterra.

Madrid, 6 de enero de 1808

Mi muy dilecta y venerada esposa:

Ha llegado a mis manos la siempre bienvenida misiva que me mandasteis hace ya casi dos meses. Una leve pero duradera indisposición me impidió daros respuesta más inmediata; pero no os inquietéis por mi salud: me encuentro ya totalmente repuesto y acomodado a la vida local.

El viaje hasta Madrid fue largo y pleno de incomodidades y molestias, causa segura de la fluxión a la que aludo. La ciudad parecióme no tan linda como había esperado, ni tan pulcra como desearía: por doquier se ven esparcidos desperdicios, las calles están llenas de lodo cuando llueve y polvorosas cuando hace sol. Mas el aire es limpio y luminoso como nunca he visto en nuestra amada Inglaterra, y las mañanas soleadas de invierno tienen, pese al frío reinante, la alegría de estas tierras meridionales.

Hállome razonablemente acomodado en casa de los señores de Sotomayor y Mendoza, pertenecientes a la mediana nobleza de aquí. Son familia de respeto y virtuosa, en especial el cabeza de familia, don Pedro, que es en todos los aspectos un auténtico *hidalgo*; su esposa, doña Josefa, suple con su discreción sus escasas gracias: es toda una dama, aunque algo chapada a la antigua. Tienen mis huéspedes una hija, de nombre Pepita, virtuosa y hermosísima joven casadera, que recientemente ha abandonado la clausura de un convento donde se educaba en la más virtuosa disciplina para prometerse con un noble caballero maduro, de la mejor nobleza de aquí. Entretanto llega el momento de la boda, la joven se ejercita en las labores domésticas y el trato de sociedad y, pese a la cortedad propia de sus pocos años y del retiro en que hasta ahora ha vivido, muestra ya maneras que apuntan a una gran dama y una honrada madre de familia.

Por lo demás, mis ocupaciones aquí son escasas y apacibles. He aprovechado el tiempo para visitar algunos templos de la confesión católica, que como habréis supuesto son muy numerosos en una nación que se proclama tan ardorosamente papista. Parécenme en su mayoría monumentos a la superstición y a la ignorancia, llenos de santos con estigmas, estatuas de la Virgen revestidas con ropajes del peor gusto y abominables representaciones del diablo y hasta del mismísimo infierno en que arden las almas de los condenados. He hallado, no obstante, algunas muestras de mérito en la arquitectura y la pintura de varios de estos templos, mas por desgracia se ven deslucidos por el mal gusto de la mayoría de las imágenes y estampas que los decoran. ¡Cuán lejanos están de la noble sencillez de nuestros templos, verdadera manifestación del espíritu de nuesta nación!

Por las tardes suelo ir al Prado, paseo de moda en la ciudad en el que se aglomeran los coches de tal forma que es imposible avanzar y dificultoso respirar por la gran acumulación de polvo que levantan bestias y carruajes. Todo el entretenimiento consiste en recorrer el paseo de arriba abajo, a paso lentísimo, cruzándose una y otra vez los mismos coches, los mismos caballeros y las mismas personas a pie. Pero, no obstante, para semejante ceremonia se engalanan los españoles como si hubiesen de asistir a una recepción de Su Graciosa Majestad, pues el lucir galas es el principal objetivo de tantas idas y venidas, y las señoras especialmente compiten en exhibir trajes, pelucas, cintas, plumas, joyas y sombreros.

Escasas veces asisto a los salones de la aristocracia local, aquí llamados *tertulias*. En verdad, no puedo quejarme de que las mejores familias de Madrid me hayan tratado con despego, ni menos con descortesía: continuamente me ofrecen sus casas para que acuda a pagarles visita, o me invitan a comidas y recepciones. Acudo a los más imprescindibles para no parecer descortés, pero no me huelgo de frecuentar el trato de la aristocracia española, que tiene, pese a sus antiguos y acendrados orígenes, ciertas tendencias a los usos plebeyos y propios de gentes de baja condición. Es claro que lo hacen por moda, pero que en los más refinados salones se introduzcan las músicas, los bailes y hasta los atuendos del bajo pueblo paréceme cosa impropia de la verdadera nobleza, que falta a su decoro con esas extravagancias tan ridículas como inapropiadas.

Así pues, dedico la mayor parte del día a leer —la casa en la que me alojo tiene una razonable biblioteca, proveniente de los antepasados de los señores— y a pasear por un amable jardín que se encierra entre sus muros.

Las mujeres no son aquí tan hermosas como pregona la fama: creo que muchos viajeros, en su afán por alardear, las han pintado con mejores tintes de los que merecían. Hay, eso sí, entre las muchachas del pueblo, algunas de cautivadores ojos negros, que muestran en sus ardientes miradas la sangre sarracena que discurre por sus venas. Pero las damas de calidad se caracterizan por cierta afectación que imita falsamente la naturalidad de las hijas del pueblo, compatible sin embargo con el abuso de afeites y el gusto recargado en la indumentaria. ¡Cuán lejos de vuestra señorial sencillez, mi estimada Elizabeth! Esa sobria elegancia sin afeites ni adornos que tanto estimo, esa belleza que emana tanto de la virtud como de los nobles orígenes, esa dulce solicitud producto de la bondad de una esposa y madre ejemplar: tales son las virtudes que no encuentro en las damas españolas, por muy nobles que sean, y que me hacen desear ardientemente el momento de volver a vuestro lado y saborear los delicados placeres de un hogar virtuoso y sereno.

Beso respetuosamente vuestras manos. Cubrid vos de tiernos besos y caricias a nuestra adorada hija Eleonor, ya que su padre no puede hacerlo desde estas lejanas tierras.

De Lord Alfred Aston-Howard a Madame de Vingdor.

Madrid, 6 de enero de 1808

Mi muy estimada amiga:

Ha sucedido algo imprevisible, que tiene alterado mi espíritu como no lo estuvo jamás.

Me encontraba yo esta mañana como suelo, sumido en la rebusca de libros y papeles en la muy polvorienta y abandonada biblioteca, cuando mi fiel James acudió a llamarme para el almuerzo. Pasé por mi alcoba para adecentarme un poco, acudí inocente y confiado a la mesa, que presidía don Pedro vestido con sus galas de día de fiesta. Frente a él sentábase su esposa, más compuesta aún que de costumbre, y a la izquierda del dueño de la casa estaba... No sé cómo lograré transmitirle a Vd. mi confusión, mi espanto y al mismo tiempo la dulcísima emoción que me embargó en aquel momento. Un rayo que hubiera caído a mis pies y de cuyas humeantes huellas hubiera surgido una hermosísma hada no habría tenido tanto efecto sobre mi ánimo. Pues a la izquierda de don Pedro, ataviada con un vestido azul tornasolado, se hallaba la hermosa dama del cuadro, la que había arrebatado mi imaginación y mis sentidos durante tantos días,

93

la que me había impulsado a descuidar el trato en sociedad y hasta las reglas de cortesía, persiguiéndome con una dulcísima obsesión.

Alzó la hermosa cabeza rubia, que tenía recatadamente baja, y me miró con tan ingenua desenvoltura que tuve que hacer esfuerzos para que mis huéspedes no notaran mi turbación. Eran los mismos ojos color de aguamarina del cuadro, los mismos cabellos pajizos enmarcando un óvalo dulce y rozando suavemente la seda de un vestido de color semejante al del retrato. Únicamente su rostro era más joven y su cutis más fresco, como si hubiese rejuvenecido.

La doncellita se puso cortésmente en pie y don Pedro procedió a presentármela: era doña Pepita, su hija, que acababa de salir del convento de las reverendas madres mercedarias de don Juan de Alarcón, donde se ha educado estos años, y que ha de pasar unos meses en casa de sus padres con vistas a que aprenda el trato de sociedad y vea un poco del mundo antes de su próxima boda.

No sé cómo acerté a balbucir unas corteses palabras. Todo yo estaba sumido en un mar de confusiones: ¡doña Pepita, la hija de don Pedro! Mas es idéntica a la adorable criatura del cuadro, a su antepasada doña Gracia, que vivió hace más de siglo y medio. Y al mismo tiempo que mi adorada se me aparecía en carne y hueso cuando menos me lo había pensado, una cruel revelación venía a arrebatármela: aquella criatura angélica, de sólo diecisiete años, está destinada a un próximo matrimonio con un rico caballero casi cuarentón, que tal vez podría ser su padre. En un solo punto se me mostraba y se me hurtaba la dama de mis sueños, tan hermosa como en pintura pero aún más fresca y joven; estaba a mi vista y se me hacía saber que ya pertenece a otro.

La comida ha sido un delicioso suplicio. Doña Pepita es verdaderamente encantadora: el recato y la cortedad de la doncella que ha vivido recluida y sin trato con la sociedad se combinan, en deliciosa inarmonía, con la naturalidad de quien no ha aprendido aún los disimulos que imponen las reglas de la cortesía. Ora se muestra tímida y ruborosa, ora curiosa hasta la impertinencia. Apenas contesta a los requiebros y donaires de su interlocutor, de pura vergüenza que le producen, y luego hace ella misma observaciones y preguntas que sonrojarían a una dama avezada al trato social. Con curiosidad infantil estuvo interrogándome prolijamente sobre todas las circunstancias de mi vida y de mi estancia en Madrid, sin pensar que cometía ninguna imprudencia, y luego bajaba la vista, escandalizada, si me permitía yo alguna de esas alabanzas a la belleza o a la discreción que se dicen por pura amabilidad a cualquier dama, por espantosa y necia que sea. No sabe distinguir entre las convenciones de la sociedad y las expresiones sinceras, y todo ello le da un encanto virginal absolutamente enervante, como si de pronto una novicia hubiese sido arrojada a un burdel e, inocente e inadvertida, tratase como damas a las rameras y tomase como norma de buena educación el vicioso trato de la casa. En verdad no distingue entre bondad y maldad, entre sinceridad e hipocresía, entre cortesía y pasión, por lo que se me antoja presa fácil de la confusión.

Sin ir más lejos, resultaba impropia la deferencia con que trató durante toda la velada a James, que al fin es sólo un criado. Incapaz de afectar la orgullosa indiferencia de las damas, que se dirigen a los criados como si éstos no existieran —y hacen bien, pues para muchos efectos no existen—, la encantadora damita le hablaba mirándole a los ojos, le pedía las cosas por favor y le agradecía sus mínimos servicios como si fuesen gracias. Todo ello más impropio todavía si se tiene en cuenta que James es *mi* criado y que a mí, como amo, me correspondería darle órdenes, y no a mi dulce novicia.

El caso es que así transcurrieron la comida y la sobremesa, ante la mirada complaciente de los papás de la señorita, que se miran en ella como en un espejo que les devolviese su imagen mejorada y rejuvenecida. Delicioso espejo, en verdad, en el que no perderé oportunidad de mirarme cuanto me plazca, ya que estoy seguro de no verme rechazado por ningún recelo ni inconveniencia: doña Pepita es tan clara y lisa como una lámina de cristal pulido.

Vale.

De Lord Aston-Howard a Madame de Vingdor.

Madrid, 28 de enero de 1808

Mi estimada e indignada amiga:

Acaba de llegar a mis manos una misiva, firmada por una tal Solange de Vingdor, que sin duda ha tenido el atrevimiento de usurparle a Vd. el nombre y la firma. Caiga mi maldición sobre esta necia impostora, pues por el tono y el estilo comprendo que la autora de la carta no puede haber sido Vd.: ¿dónde está aquel talante de dama alegre y complaciente, que defendía la independencia de

hombres y mujeres, renegando de toda cadena o ata-
dero?, ¿dónde está la criatura libre y espontánea que ne-
gaba la sujeción a cualquier norma y proclamaba la libertad plena para el placer? En verdad, esta carta no está
escrita por Vd., bien lo comprendo, sino por alguna
dama celosa y remilgada, capaz de escandalizarse por los
más inocentes juegos de sociedad y decidida a amar-
garme los escasos deleites de que puedo disfrutar aquí, y
a enconar nuestra otrora grata amistad con el veneno
destilado por un monstruo informe, llamado Celos, el
mayor enemigo de la amistad y del placer que pueda
concebirse.

Así pues, mi linda amiga, espero carta de Vd. La de
esta impostora, que le ha usurpado el nombre, no merecía ser leída, y mucho menos contestada.

Vale.

De Lord Alfred Aston-Howard a Lady Aston-Howard.

Madrid, 30 de enero de 1808

Mi muy dilecta y amada esposa:
Os prometí teneros al tanto de mis andanzas por esta
Corte, y cumplo gustoso mi promesa, si bien poco tengo
que contar: los días siguen pasando en una apacible monotonía, en que no tienen cabida ni las zozobras y preocupaciones ni las grandes hazañas. Me regalo, eso sí, con
el familiar trato de los Sotomayor y Mendoza, que me
distinguen como a su huésped favorito y se desviven por
mi comodidad.

En mi anterior misiva apenas os hablé de la encanta-

97

dora hija de mis huéspedes, doña Pepita. Es una joven ejemplar, de gran belleza y natural modestia. Su edad será de unos dieciséis o diecisiete años, es decir, dos o tres años mayor que nuestra adorada Eleonor. Pero a estas edades las muchachas cambian mucho en poco tiempo y, si Eleonor es todavía una niña, en doña Pepita apuntan ya las maneras de una mujer adulta que aún no ha abandonado ciertos graciosos hábitos de la infancia, pero que empieza a comportarse ya en sociedad como una dama.

La joven, por lo demás, ha sido educada en el más estricto recogimiento por unas virtuosas monjas, que han inculcado en ella el aprecio a las virtudes cristianas y la conciencia de sus futuros deberes como esposa y madre, pues la joven está destinada a un pronto matrimonio con un virtuoso caballero que le dobla en edad. Precisamente para que aprenda los artificios y convenciones del trato de sociedad, y pueda ejercer dignamente como esposa de su futuro marido, hanla traído sus padres a la Corte para que, tratando con lo mejor de los salones, se pula un poco la piedra preciosa en bruto de su carácter.

En verdad, la joven se muestra como aventajada discípula. En los pocos días que lleva aquí ha aprendido una graciosa coquetería que, sin ser excesiva, orla aún más de encanto su personita. La que hace unos días apenas sabía seguir una conversación en familia se desenvuelve ya en salones y tertulias con un intuitivo desparpajo propio de una mujer madura y discreta. Es, por otra parte, con todos afable, con todos dulce, con todos sencilla y llena de amabilidad, hasta con los criados: mi fiel James la adora, como todos los otros servidores de

98

la casa, a los que sabe ordenar sin humillar y exigir con una firme voluntad y excelentes modos.

La otra tarde tuve el placer de acompañarla, junto con sus padres, a una excursión a los montes de El Pardo, que distan pocas millas de Madrid. Aunque fuimos en coche, teníannos preparadas en el mismo pueblo de El Pardo unas razonables monturas, con las que ella, don Pedro y yo pudimos recorrer buena parte de aquellas deliciosas colinas cubiertas de encinas y robles, pues doña Josefa prefirió una actividad más sosegada. Entrevimos varias veces rebaños de asustadizos gamos, que hay aquí en gran número, aunque como era de esperar huyeron a nuestro paso. Dicen que la riqueza cinegética de estos montes es enorme, y no en vano los monarcas gustan de venir a cazar en este amable retiro. En especial, se cuenta que Su Majestad Carlos III, padre del actual monarca, venía siempre que podía y era un gran cazador; al parecer, llegó a abatir varias decenas de piezas en una sola jornada, entre las cuales se encontraban varios jabalíes. El actual monarca no parece tan ardoroso como su progenitor, ni en la caza ni en otras actividades que requerirían decisión y arrojo.

Pero os hablaba de doña Pepita, que se mostró durante la jornada como una hábil amazona, pese a las pocas oportunidades que hasta ahora había tenido de confirmar su destreza. Era digno de ver cómo, con inconsciencia casi infantil y pericia de experta, hacía bajar su caballo al galope por las más empinadas cuestas, o cómo lo obligaba a subir por los más tortuosos senderos, venciendo con suave firmeza la resistencia del animal. Montada a la española, con su fusta en la mano y arrebolada por el ardor del ejercicio, hacía olvidar sus pocos años y mostraba el fruto cierto de una gran mujer.

Por lo que respecta a la vida de sociedad, pocas novedades hay: los nobles locales siguen dedicados a sus plebeyas inclinaciones, como son las danzas y la protección a cómicos y *toreros*. Algo más soliviantada está la gente de baja condición, por los acontecimientos habidos en la Corte de Su Majestad, de quien se rumorea que está poco menos que secuestrado, con toda su real familia, por los vecinos franceses. En verdad, no se ven por las calles de Madrid sino soldados franceses que todo lo tocan, en todas partes irrumpen, todo se lo beben y en todas partes hacen aguas menores; y esto sucede ya desde hace muchos meses. El pueblo llano odia a estos invasores y, azuzados por los clérigos fanáticos e ignorantes, han empezado a dar pequeños golpes de mano aquí y allá: de vez en cuando aparece un francés acuchillado o ahogado en un pozo, sin que nadie sepa cómo sucedió ni quién ha sido. En esto todos, nobles y plebeyos, parecen guardar un silencio cómplice, y pocas veces se detiene a los culpables. El ambiente, pues, es de violencia contenida en las calles y de alegre frivolidad en los salones, donde oficiales franceses bailan con las condesas vestidas a la manera de las hijas del pueblo, pues ya os he dicho que otra de las extravagancias de las damas españolas es vestir −o más bien deberíamos decir disfrazarse− con las galas propias de mujeres de baja condición, que aquí llaman *majas*, aunque enriqueciendo las humildes galas con el uso de telas preciosas y encajes finos donde las muchachas del pueblo no llevan sino percal y randas vulgares.

Nada más tengo que contaros, pues mi vida aquí es

más bien monótona. Cubrid de besos la pura frente de nuestra amada Eleonor, mientras yo beso vuestras manos.

De Lord Aston-Howard a Madame de Vingdor.

Madrid, 2 de abril de 1808

Mi muy estimada amiga:

Por milagro ha llegado, hoy mismo, la carta de Vd. a mis manos: parto mañana temprano para Santander, desde cuyo puerto embarcaré directamente para Inglaterra.

Celebro que las palabras de Vd. sean dulces, como siempre lo fueron, y como no podría esperarse menos de nuestra ya larga y sincera amistad. Las semanas transcurridas desde mi última carta han sido de una monotonía insufrible: empiezo a pensar que España es un país aburrido, donde nunca pasa nada. La sangre ardiente, el espíritu arrojado y hasta temerario de los naturales no pasan de ser mitos creados por viajeros fantasiosos: son seres pobres de espíritu, incapaces de una acción heroica o siquiera de un atisbo de rebeldía. Quizás en otros tiempos, cuando imperaba un espíritu caballeresco, este pueblo fue capaz de grandes empresas; pero hoy son el espíritu acomodaticio, la monotonía y la pasividad lo que domina. Vine en busca de la ardiente sangre española y me he encontrado una balsa de aceite.

Es ese aburrimiento el que me incita a marcharme, sin proseguir mi viaje por el país. Hubiera deseado visitar las tierras de Andalucía, al sur, pero ni me encuentro con ánimos para un viaje por malos caminos ni me lo aconsejan mis amigos y conocidos: parece que el bandolerismo es cada vez más amenazador, llegan todos los días noticias alarmantes y además se acerca ya el tiempo del calor, que por lo visto es insufrible en esas tierras. Regreso a mi casa, a mi hogar de Bicester, con la esperanza de encontrar en los delicados matices de la campiña inglesa las delicias que no he saboreado aquí.

Escribiré a Vd. tan pronto como haya llegado a casa. Vale.

De Lord Aston-Howard a Lady Aston-Howard.

Madrid, 2 de abril de 1808

Mi muy adorada y dilecta esposa:

Mucho me complace daros una que sin duda os parecerá buena nueva: regreso mañana mismo rumbo a Bicester. Temprano saldré de Madrid camino de Santander, un puerto en el norte de España donde al cabo de unos días pienso embarcar para Inglaterra.

Regresaré yo solo, pues he despedido a James, que se quedará en España. Comprendo vuestra extrañeza al saber que me he deshecho de un criado que teníamos por tan fiel, y que me había servido durante tantos años. No merecía sin embargo nuestra confianza ese ingrato, ese traidor, cuya infidencia ha sido buena parte para que tome la decisión de abandonar el país y volver a casa antes de lo previsto.

Habíaos yo hablado con entusiasmo de doña Pepita, aquella que tenía yo por virtuosísima joven, ejemplo y espejo de doncellas nobles, hasta el punto de que en alguna ocasión llegué a desear que nuestra querida Eleonor se pareciese a ella cuando alcanzase la edad juvenil. ¡Líbreme Dios de que tal cosa se cumpla! Me había equivocado con la más errónea y ridícula de las apreciaciones.

El asunto es tan delicado que no sé cómo exprimirlo para no ofender vuestra natural modestia. Pero, en fin, lo diré de la manera más clara y más pudorosa posible: estaba yo ayer en casa de los señores de Sotomayor y Mendoza, paseando por un ameno jardín interior que la casa tiene y con la sola compañía de un libro antiguo que había sacado de la biblioteca, cuando me pareció escuchar lo que creí ser sollozos de una mujer, que se dejaban sentir al otro lado de una puerta cerrada, que da a una alcoba de invitados que, por ser algo húmeda y oscura, nunca se usa. Acudí presuroso, temiendo que hubiese pasado alguna desgracia, o que alguien necesitase mi ayuda y, olvidando toda prudencia —e incluso, con la prisa por socorrer, toda regla de cortesía—, irrumpí en la dicha alcoba. El cuadro que allí encontré no es para describirlo a una dama, pero baste decir que pude ver a mi admirada doña Pepita, la deliciosa e ingenua niña que os había descrito, en la actitud más indecente que imaginarse pueda; mas mi sorpresa fue mayor cuando vi que el que compartía con ella esa vergonzosa situación no era otro que James, ese criado traidor en quien durante tanto tiempo puse mi confianza.

¡Ahora entiendo la amable deferencia con que la indecente joven distinguía a mi criado en público, y que yo había tomado por piadosa condescendencia! ¡Ahora me es dado comprender la clave de tantas actitudes solícitas que había sorprendido en James hacia la que no era su ama, de tantas miradas impropiamente cruzadas entre una señorita y un criado, de tantas casualidades y gestos cuya trascendencia no pude ver! He informado como debía a los padres de la joven, quienes han decidido –con muchas lágrimas y súplicas de doña Josefa, pero con firme decisión de don Pedro– deshacer el concertado matrimonio y encerrar a la muchacha en el mismo convento en que se educó. En verdad, no merece otra cosa esa desvergonzada jovencita, y me complace comprobar que en España aún está vigente la autoridad paterna para encarrilar a las muchachas que se apartan de la conducta recta. De otro modo, el desafuero de las mujeres sería insufrible, pues en las españolas la religión papista parece haber servido sólo para encubrir con una capa de hipocresía la impudicia de la sangre sarracena que corre por sus venas.

En fin, mi adorada Elizabeth, mil veces os pido perdón por haberos sometido a la vergüenza de narraros este infamante episodio. Pero la confianza que me da vuestro tierno afecto me ha hecho atrevido, ya que necesitaba desahogar con alguien el amargo sabor de esta decepción.

Guardad bien a nuestra muy querida hija. Yo estoy impaciente por besar vuestras manos.

De Lord Alfred Aston-Howard a Madame de Vingdor.

Mi muy estimada amiga:

Mil perdones por haber incumplido la promesa de escribirle nada más llegar a Bicester. Tal vez haya Vd. pensado que me había muerto, y en verdad no andaba descaminada: he estado bastante enfermo a la vuelta de España, a causa de unas fiebres que adquirí en la travesía de regreso, que fue, si cabe, peor y más accidentada que el viaje por tierra.

Hállome, afortunadamente, repuesto y haciendo mi vida normal. Salgo poco, a causa del frío y la lluvia constantes de este otoño inglés, que me produce una melancolía indecible. Excuso decirle cuánto añoro el cielo claro y luminoso de ese Madrid tan contradictorio y que ahora se me antoja tan lejano, y aquel jardín en que florecían las rosas aún en pleno diciembre. Esos son los recuerdos más gratos de mi estancia en España, de donde por otra parte no han llegado en estos meses sino noticias tristes y alarmantes. Parece, mi dulce amiga, que por causa de los españoles nos hallamos Vd. y yo de nuevo en bandos contrarios, sin que esta rivalidad pueda dirimirse en los campos de batalla tan gratos que otras veces hemos compartido.

A mi regreso, la primera imagen que tuve fue la del jardín de Bicester, entonces en pleno esplendor primaveral, por el que paseaba una joven desconocida. Iba vestida con una elegante sencillez y bajo el sol brillaba su larga cabellera rojiza. Dije al postillón que se le acercase y averiguase quién era, pero no hizo falta: ella misma se acercó a buen paso, con una sonrisa de bienvenida en los labios.

Entonces conocí a la hermosa joven: era mi hija Eleonor, que durante mi ausencia se ha convertido en una mujer. Aparenta la misma edad que doña Pepita de Sotomayor cuando yo la dejé, aunque es un par de años más joven.

Siento no poder prolongar más la carta. Tal vez por causa de la convalecencia, o tal vez por el triste clima, lo cierto es que me acomete con facilidad un cansancio y una especie de dejadez que me impide toda actividad un poco continuada. Mi ánimo se encuentra un tanto afligido, y me temo que no mejorará hasta que vuelva el sol de primavera. Mi último viaje me ha devuelto a Bicester un tanto viejo y achacoso.

Vale.

De Lord Aston-Howard a Mr. Henry Ivory, librero de Londres.

Bicester, 28 de noviembre de 1808

Estimado amigo:

Supongo que recuerda el manuscrito que le remití desde Madrid, titulado *Las semanas del jardín*. Le ruego que, si no lo ha vendido aún, me lo remita y yo pagaré por él el precio que Vd. estipule. Caso de que hubiera hallado comprador o tuviera ya comprometida la venta, estoy dispuesto a abonar el doble de su importe, ya sea a Vd. o al comprador, si ya lo tuviere en su poder. En esta última circunstancia, estoy dispuesto también a compensarle con una comisión por la mediación.

Tal vez le resulte algo insólita mi propuesta, pero responde exclusivamente a un capricho mío, pues el mencionado manuscrito me trae gratos recuerdos de mi estancia en España y quisiera poderlo releer a placer en mi mansión de Bicester.

En espera de su respuesta, quedo de Vd. atentísimo.

III. EL INDIO

Aparece el indio

Hacía rato que el barrio había empezado a desperezarse. Los primeros en madrugar habían sido los pobres fijos de la iglesia de San Martín, ese templo del que los madrileños dicen que quien en él se casa entra por la Luna y sale por el Desengaño, pues en efecto se encuentra entre una y otra calle: a la de la Luna da la modesta fachada barroca cuya hornacina de granito, destacando sobre el rojo ladrillo, representa la Asunción de Nuestra Señora; a la del Desengaño se asoma el largo corredor que viene de la sacristía y de un gran portón lateral del templo, abierto frente por frente con el altar del santo Tobías, rinconcillo que es el preferido de las beatas. Ambas puertas, la principal y la secundaria (o, si lo prefiere el lector, la de la Luna y la del Desengaño) tienen su habitual clientela de pobres, atentos los unos a quienes entran a la misa, y los otros a quienes salen habiendo cumplido ya sus religiosos deberes. La distribución de los puestos se realiza cada mañana, siguiendo un orden nunca escrito pero siempre respetado desde tiempos inmemoriales, y ¡ay del pobre forastero que se atreviese a

usurpar el puesto a uno de los habituales!: pronto llove-
rían sobre él improperios y, si se tercia, golpes, hasta lograr que abandonase el campo de batalla.

Estaban, pues, los pobres apostados ya en sus sitios,
arrebujados en sus míseros harapos, tratando de resguar-
darse del fresco de la mañana, pues, aunque era ya el
mes de abril, en Madrid es notable el frío matinal. Pronto
empezarían a llegar las primeras beatas, las que van a la
primera misa.

No menos madrugaba la señá Ciriaca, pulcra y honrada portera de la casa que hace esquina entre la calle de
la Luna y de la Corredera Baja: a aquella temprana hora
había barrido ya el portal, había limpiado la dorada
mano de latón que, sosteniendo una apetitosa manzana
también de oro, servía de aldabón a aquellas venerables
puertas; y se aprontaba ahora a barrer la acera con una
energía que era alabada como el colmo de la diligencia
por todas las señoras del barrio, quienes frecuentemente
amonestaban a sus propias criadas poniéndoles como
ejemplo a la señá Ciriaca, flor y espejo de la honrada pul-
critud porteril.

Hacía rato que habían pasado las burras de la leche,
esos simpáticos animalitos que, severamente arreados
por lugareños de Pozuelo de Alarcón o de Las Rozas, sur-
ten cada mañana a los vecinos del barrio de aquel pre-
ciado líquido blanco y cremoso, producto de las mejores
vacas de la sierra. Comenzaban ya a establecerse los
puestecillos que, descendiendo del mercado de la plazuela de San Ildefonso, orlaban como graciosa guirnalda
toda la cuesta de la Corredera Baja de San Pablo hasta la
mismísima iglesia de San Antonio de los Alemanes, en la
confluencia con la calle de la Puebla. Era un laberinto

ubérrimo de cajas, cestos, banastillas y serones colocados con gracia al borde de las aceras que, sin bien entorpecía considerablemente el tráfico de personas y carruajes, ofrecía un auténtico deleite a la vista y prometía mayores delicias al gusto y al olfato; acá y allá veíanse hombres y, sobre todo, mujeres ocupadas en la azacanada tarea de llenar el escaso espacio de que disponían con la exhibición de su mercancía, presentada lo más artificiosamente posible: allá elevábase una artística pirámide de nísperos, los primeros de la estación; acá disponía una mujeruca los serones con las habas recién cortadas, con los manojos de espárragos de Aranjuez; en el otro lado, una banasta rebosaba de fresas tempranas, entre hojas de helecho que le servían a un tiempo de adorno y de mullido acomodo. No faltaban las vendedoras de lilas recién cortadas de mañana en la Casa de Campo, que ofrecían los morados y olorosos racimos por unos pocos reales. Y, en fin, a tan temprana hora como las ocho de la mañana ya estaba el barrio bullendo de su acostumbrada agitación.

A la misma hora, don Federico Zapata mojaba el último soconusco en el chocolate calentito del desayuno, bebía de un solo sorbo largo, gorgoteante, un vaso lleno hasta el borde de agua del Lozoya, limpiábase los morros, algo oscurecidos del brebaje, con una gran servilleta de lino limpia como el ampo de la nieve y, poniéndose en pie y estirándose las puntas de su chaleco, pedía la levita y se encaminaba con parsimonia a su negocio, no sin antes depositar un beso casto en la frente de su esposa, doña Leonor García de Zapata.

En verdad, poco camino había de hacer el honrado Zapata hacia su negocio, puesto que habitaba justamente en el piso de encima. Bastábale descender un piso de escalones de madera, alcanzar la calle de la Luna y agacharse pesadamente para abrir los candados y alzar los cierres de «El Indio», una de las tiendas más famosas del barrio, y sin duda la más aromática de aquel industrioso laberinto.

Apenas había alzado don Federico el férreo telón que por la noche defendía de ladrones y malandrines su honrado negocio, cuando se mostraba a los transeúntes la más espantable figura que imaginarse pueda: era un terrible mulato de corpachón musculoso e imponente que, firmemente asentado sobre unas piernas recias como columnas y derechas como velas, montaba guardia en el interior del establecimiento; eran sus labios bembos pintados de purpurina un marco idóneo para unos dientes de marfil de feroz expresión, acentuada por aquella narizota aplastada, atravesada por un anillo de oro. La cabeza iba tocada con un penacho de plumas blancas, que justificaba el apodo de «el Indio» con que era conocido el terrible mulato. Pero lo más terrible de todo era su mirada: unos ojos blancos, fijos, resaltados por la oscuridad de la piel, en cuyo centro se hallaban, clavadas e inmóviles, unas niñas en todo semejantes a botones de azabache; unas niñas de las que era imposible apartar la mirada y que parecían taladrar como berbiquíes.

Estaba el Indio en posición de firmes, pero con los brazos rígidos algo alzados y separados del cuerpo, como si fuese a echar a volar. En cada una de sus manos broncíneas sostenía una apretada piña de cacao, fingiendo el acto de verterlas en las pulidas tolvas de cobre que se encontraban situadas a ambos lados de su cuerpo. Era, en fin, el dicho indio la muestra más famosa y original de to-

112

das las tiendas del barrio, una figura de bronce de la que don Federico, sin reparar en su fealdad, se mostraba satisfecho, pues sabía que de aquella escultura terrible dependía buena parte de la fama de su comercio: la tienda de «Chocolates finos e higiénicos El Indio».

Procedía luego don Federico a abrir con parsimonia la cancela de cristal que daba paso al establecimiento. Recibíale un carillón de campanillas de hojalata, que sonaban cada vez que se abría la puerta. Con no menos prosopopeya desabotonábase la levita que para tan corto trayecto se había colocado con esmero, disponía cuidadosamente la prenda en una percha preparada al efecto, dirigíase a la pequeña puerta de madera situada al fondo y de una palomilla adosada a su parte menos visible descolgaba un mandilón blanquísimo. Colgaba luego la levita con su percha de la misma palomilla, atábase el mandil con primor, y en esto llegaba, puntual como siempre –justo en el momento en que don Federico se ataba las cintas del delantal–, el maestro del obrador de chocolatería don Pedro Crespo, por mal nombre Viruelas, a causa de las cicatrices que, recuerdo de tan cruel enfermedad pasada en la infancia, le comían la cara.

Era Viruelas un maestro de la bombonería. Ágil como una ardilla y diligente como él solo, en un periquete se despojaba de su vestimenta de calle y se vestía el traje sacerdotal de su oficio, también de algodón blanquísimo, pero en su caso rematado por la tiara de un gorro de cocinero. Ponía a funcionar las tolvas, a calentar el hornillo, y en un momento ya estaba la tienda invadida de un alegre olorcillo a cacao caliente, que parecía invitar a los transeúntes a sucumbir a tan grata tentación. A lo largo del día, Viruelas iba produciendo las maravillas de su

113

arte, que don Federico supervisaba complacido sin entrar jamás en faena: él sólo atendía al mostrador. Emergían de las manos sabias de Crespo las grandes tabletas de chocolate macizo y negro, robustas como adoquines; los crujientes bombones de guirlache coronados por el adorno de una avellana tostada; las redondas bolas de chocolate con nata, novedad recientemente introducida en la casa, llamadas *trufas* por su semejanza con la deliciosa seta de ese nombre; los bombones de crema de licor primorosamente rellenos de su pasta aromática y blanca. A veces daba forma a obras de arte especiales, con motivo de efemérides siempre importantes: los adornos para un pastel de bodas y los huevos de chocolate para Pascuas. Pero la especialidad de Viruelas eran sin duda los bombones *fondant*, negros y duros y aptos para auténticos entendidos, para exquisitos *gourmets* de la repostería chocolatera.

Éstos eran los que más pedía la clientela, siempre obsequiosamente atendida por don Federico. Eran las manos de este señor blancas, untuosas y algo obispales, aptísimas para convertir, en un decir Jesús, lo que parecía cartoncillo doblado en una primorosa cajita de bombones, que el mismo señor forraba con un mantelillo de papel todo piqueteado, que parecía mismamente de encaje. En tan lujoso receptáculo iba don Federico depositando la dulce mercancía con unas tenacillas de plata, al tiempo que preguntaba al cliente por la familia, se interesaba por la salud de la señora e inquiría, sutil y hábilmente, sobre las últimas novedades del barrio. Cada señora que salía de «El Indio» con un paquetito envuelto en papel de seda y atado con cordoncillo de algodón verde y blanco era un emisario que proporcionaba a don

114

Federico importantísimas informaciones, pues la pasión por saberlo todo era la mayor virtud y el mayor defecto de este señor.

Doña Leonor y su pena

Pero volvamos a doña Leonor García de Zapata, ilustre señora a la que, si el lector recuerda bien, dejamos hace un momento escaleras arriba, en el piso principal de la misma finca, no bien don Federico había depositado en su frente un casto beso marital.

Era esta señora blanca, rubia y frescachona, aunque algo oronda y entrada en carnes, aparentemente un poco más joven que don Federico –quien frisaba a la sazón los cincuenta años–, pero en realidad unos meses mayor que él. Éste era uno de los secretos mejor guardados de la familia; no me pregunte el lector cómo logré yo desvelarlo: baste decir que lo supe de buena tinta, aunque la buena de doña Leonor se hubiera dejado matar en el potro de tormento antes de confesarlo. Del otro secreto familiar, tan bien guardado como éste, sabrá el lector más adelante.

Había pasado doña Leonor grandes sufrimientos en los primeros años de su matrimonio, a causa de la falta de descendencia. Casada con don Federico a los veinte, estuvo la buena señora no menos de quince años sin lograr familia, pese a los largos períodos de reposo y a las curas de baños a que se sometió en todos los balnearios habidos y por haber, con la esperanza cierta de lograr el tan ansiado retoño. No menos gravemente preocupado estaba don Federico, quien, aunque quería muchísimo a su esposa, temía la falta de descendencia por el incierto destino que aguardaba al Indio y a su aromática mercancía. Era un hijo la máxima aspiración del matrimonio, la espinita clavada que impedía que su felicidad fuera completa, pues por lo demás nunca se vio en el barrio pareja tan sosegadamente bien avenida como aquella: cuidábase doña Leonor del mantenimiento y buena marcha de la casa con el mismo esmero y solicitud que su esposo dedicaba a los adoquines de chocolate, y éstos producían una suficiente cantidad de reales como para hacer desahogada y cómoda la vida de la pareja. Acudían los dos, siempre muy bien vestidos, al paseo del Prado, a las visitas de compromiso y, cuando se terciaba, a las fiestas del Carmen o de San Antonio; en verano frecuentaban los baños del Manzanares, pero siempre se ausentaban un mes para ir a tomar las aguas a Mondáriz o Cestona, y para tan largo viaje no escatimaban gastos, tomando un departamento entero de ferrocarril para ellos solos y estrenando doña Leonor todos los años media docena de vestidos, sólo para ir a baños; esto unido a los trajes de visita y de paseo, a la falda de crespón negro con cuerpo de lo mismo y mantilla para recorrer las siete estaciones el viernes santo, a algún que otro vestido con descote bajo para el teatro, hacían de doña Leonor una de las tenderas mejor vestidas del barrio.

Era lástima que tal armoniosa pareja no hubiera sido bendecida por Dios con el don de la fecundidad. Pero héte aquí que un buen día doña Leonor vio compensadas sus muchas lágrimas y don Federico sus muchas preocupaciones tras el mostrador, al recibir el regalo de un retoño tardío, inesperado teniendo en cuenta la ya entrada edad de doña Leonor, que frisaba los treinta y cinco años.

Los aires del campo le prueban a doña Leonor

Sucedió que los adoquines de chocolate se habían multiplicado tanto y tan bien aquel año que don Federico decidió sorprender a su dilecta esposa con un regalo que dio mucho que hablar en el barrio: nada menos que una finca rústica en el pueblo de Las Rozas, no lejano de la capital. Era a decir verdad un caserón algo destartalado, que había servido como pabellón de caza a algún noble tronado cuyos herederos, apretados por la necesidad, lo pusieron en venta de tapadillo. La casa era algo fría y húmeda, cosa casi de agradecer en una finca de verano, pues era sólo durante la estación estival cuando los señores de Zapata pensaban acudir a ella; pero estaba rodeada de un hermoso parque al que la incuria y el abandono de muchos años habían trocado de jardín en bosquecillo semisalvaje. Allí pasaron los señores las semanas más calurosas del verano de aquel año, llevándose también a la Paquita, criada para todo venida poco hacía de Asturias y muy querida de la señora, que se había encariñado con ella enseguida.

Allí recibieron también algunas visitas de amigos y conocidos: la de Teodorita Corral, virtuosa señorita soltera de unos cincuenta años, dueña de la corsetería «Santa Clara» de la calle Mayor, comercio de solera y prestigio en la Corte; la de don Edelmiro Sánchez, pasante y tenedor de libros, que vino a pasar tres días con su mujer, doña Beatriz de Sánchez. Y la de don José

117

Mendoza, apodado el Inglés, personaje que merece alguna atención por nuestra parte.

Quién era don José el Inglés

Vino el tal don José con brazalete negro, que llevaba desde la muerte de su amada esposa cinco años atrás y que había prometido no quitarse en la vida, en prenda de devoción por la finada. Le acompañaba su hijo Alvarito, muchacho de quince años, muy querido de su padre y compadecido de los Zapata por su temprana orfandad.

Conmovíase especialmente doña Leonor con las buenas prendas y la apuesta traza del jovencito, que de siempre mostró actitud despierta y era la esperanza y la alegría de su padre. Dolíase doña Leonor de que aquel muchacho anduviera sin madre, quizás porque veía en ello una especie de descompostura o desequilibrio de la Naturaleza, como si dijera: qué mal repartido está el mundo, él sin madre y yo sin hijos. Pensamiento que no dejaba de proporcionar a la virtuosa señora cierto remordimiento de conciencia, pues no podía quitarse de la cabeza que pensar aquello era querer enmendarle la plana a la Divina Providencia.

Fuere como fuere, usaba doña Leonor de una maternal solicitud con el muchacho, quien respondía con agrado y reconocimiento. No menos reconocido le quedaba su padre, don José, para quien, muerta su esposa, Alvarito era las niñas de sus ojos.

El señor y su hijo vivían en una modesta pero aseada casa de la calle de la Madera, no lejana por tanto del hogar de los Zapata. El por qué a este señor se le conocía en el barrio con el curioso sobrenombre de el Inglés era todo un enigma: unos decían que por su porte señorial y su fisonomía de piel clara y cabellos rubios, que ya empezaban a encanecer, y por sus ojos entre azules y grises, rasgos todos ellos que lo hacían asemejarse a un hijo de Albión. Otros habían puesto en circulación historias a cual más fantástica y curiosa: había quienes aseguraban que don José vivió de niño en Inglaterra, y que de tal circunstancia biográfica derivaba su apodo; otros, más atrevidos, aseguraban que el caballero era hijo sacrílego de una monja exclaustrada y un soldado inglés, que la había deshonrado no del todo contra el gusto de ella en los agitados años de la francesada. Pero éstas eran sin duda historias mentirosas sin ninguna base de verdad.

Pasaron los Mendoza ocho días justos en la nueva finca de los Zapata, entregados a placeres sencillos como los paseos por el campo, la charla con los rústicos lugareños o las tertulias al fresco del pórtico de la casa, a la caída de la tarde. Disfrutaron del aire campestre, más fresco que el de la capital en los días caniculares, y de la solícita atención de la Paquita, que se desvivía en diligencia para atender a los señores y en especial al señorito Álvaro, por el que a las claras se veía que sentía una debilidad especial. Era la criada moza rolliza y crecida, pero en realidad poco mayor que el hijo del Inglés, y tal vez esa afinidad de edades le hacía atender con mayor complacencia al joven amito.

Marcháronse al cabo los Mendoza, dejando a los señores de Zapata añorantes de su buena compañía y algo aburridos ya de tanta soledad campestre. A decir verdad, doña Leonor empezaba a hastiarse de tanta tranquilidad y don Federico hacía ya días que añoraba con todas sus fuerzas las libras de chocolate y, sobre todo, la dulce conversación con los clientes, cuyas voces noticieras, parecidas a las de la Fama, constituían su principal alimento espiritual. No obstante, permanecieron los señores aún otro mes en Las Rozas, aburriéndose muy a gusto hasta principios de septiembre, en que levantaron la efímera casa, empaquetaron todo con ayuda de Paquita y regresaron a la capital en un simón de alquiler, pues los señores no tenían coche.

Lo que encontraron a la vuelta

Al día siguiente se incorporó don Federico como si tal cosa a su tarea bajo la protección del Indio, genio familiar sin duda benéfico pese a su terrible aspecto. Viruelas puso en marcha las tolvas y el molinillo, desempolvó los moldes y siguió haciendo pastillas de chocolate como si reanudase la tarea del día anterior y el largo verano no hubiera existido; empezó a sonar el carillón de las campanillas de la puerta, al paso de clientas que salían de misa o iban a una visita.

Aquella misma tarde supo don Federico la triste nueva. Se la trajo Casilda Bonaparte, esposa de un cajista de la imprenta «La Eficiencia» y adicta a los bombones de chocolate y al comadreo del barrio: ¿no sabía nada don Federico? ¿Tampoco estaba enterada doña Leonor? ¡Jesús, y que no había sido comentada la cosa en el barrio! Como que a todos pilló de sorpresa el luctuoso suceso. En fin, no somos nadie, casamiento y mortaja del cielo baja, pero una muerte así no podía sino ser sonada. Era, en fin, que don José Mendoza, el Inglés, había muerto de una apoplejía a los pocos días de vuelto de Las Rozas, dejando a Alvarito más solo que nunca y desamparado además. El joven, al verse solo y sin familia, había malvendido lo poco que tenía de su padre y se había marchado a América, a hacer fortuna, con la esperanza de encontrar a unos lejanos parientes que, según le había oído decir a su difunto padre, vivían en La Habana. Con tan exiguo bagaje y tan escueta información había emprendido el valeroso joven el camino de la aventura.

Los extremos que hizo doña Leonor al saber el suceso no son para contar. ¡Aquella criatura, aquella criatura sin madre, dando vueltas por el mundo, sin el calor de un hogar! ¡Ah, si ella hubiera sabido la nueva a tiempo! No hubiera parado hasta adoptar al amable huérfano, hubiera dicho lo que hubiera dicho la gente. Es verdad que seguramente Federico hubiera opuesto al principio resistencia: meter así, como quien dice, a un desconocido en su casa, por muy hijo de un amigo que fuera. Pero ella hubiera sabido convencerle, claro que sí; o poco valía ella o hubiera ablandado con lágrimas y súplicas, con la invocación del hijo deseado y nunca tenido, el duro corazón del chocolatero. Alvarito Mendoza hubiera sido el hijo que nunca tuvieron. Pero ahora era demasiado tarde, en verdad el destino había hecho una mala jugada y el hijo nunca habido se alejaba, pródigo, rumbo a Cuba en un barco que doña Leonor se imaginaba como el velero inglés de la lámina enmarcada que adornaba una de las paredes del despacho, como llamaban en la casa al cuarto en que don Federico solía pasar las cuentas.

No menos lastimosa se mostró la Paquita, que se convirtió en aquellos días en paño de lágrimas de su señora. No pasaba hora en que doña Leonor no le diese vueltas y vueltas al suceso y sus inesperadas consecuencias, tejiendo y destejiendo lo que fue, lo que había de ser y lo que pudo haber sido. A todo prestaba oídos la muchacha, asintiendo siempre a las reflexiones de su señora y no menos afectada que ella: verdaderamente aquella criatura había robado el corazón de las dos mujeres de la casa.

La señora vuelve al campo

Pasaron algunas semanas, y aun un par de meses, y fue atemperándose el desconsuelo de las mujeres y la pesadumbre de don Federico por la suerte del muchacho. Las tolvas de la vida, como las del cacao, seguían girando y convirtiendo en pasta uniforme y oscura los acontecimientos cotidianos, a un tiempo dulces y amargos.

Un hecho inesperado vino no obstante a turbar el monótono giro de las tolvas. Pudieron ver primero los vecinos a la Paquita preocupada, un sí es no es llorosa y como ausente, indicio claro de que algo fuera de lo común sucedía en la casa. Mostraba su ama, dentro de la señorial amabilidad que siempre gastaba, un semblante algo más adusto y preocupado de lo que solía. Suspiraba don Federico de cuando en cuando, haciendo cuentas y dibujitos con un lápiz sobre el mármol del mostrador, cosa que sólo hacía cuando se hallaba muy reflexivo. Y, en fin, para sorpresa de todo el barrio, llegado el mes de octubre y con él los primeros días frescos, la señora empaquetó sus cosas, tomó a la Paquita y se dirigió a la finca de Las Rozas, dejando solo a don Federico, con la única compañía de Viruelas y de una criada vieja que contrataron al efecto para que atendiera la casa y las necesidades del señor.

El porqué de tan insólito cambio fue muy comentado en el barrio: ¿a qué había ido doña Leonor a estas alturas del año a Las Rozas, vecinos ya los fríos y las lluvias? ¿Cómo y por qué causa había decidido separarse –siquiera fuese por un corto tiempo– tan inseparable pareja? ¿Qué pensaba hacer la señora en un poblacho desierto, en pleno otoño y justo cuando comenzaba la temporada de teatro y se avecinaba la muy sonada novena de San Martín, a la que nunca faltó? ¿Volvería pronto? ¿Estaba enferma la pobre señora? Lástima que no pudiera acudir a la novena, ella que tan devota le era al santo de la capa partida en dos. Seguro que allí, en aquellas soledades, echaría mucho de menos la señora a don Federico, pues siempre habían sido los Zapata pareja ejemplar, de quienes nunca se supo que tuvieran un disgusto.

El chocolatero, otras veces tan locuaz, acogía estos comentarios con un laconismo espartano y breves frases de agradecimiento que contribuían a excitar más aún la curiosidad de la parroquia: la señora estaba bien y mandaba expresiones para todos; el campo estaba precioso en aquella época; la señora se encontraba algo delicadilla de salud: de ahí la necesidad de un cambio de aires; don Julián, el médico de la familia, le había recomendado un otoño en el campo por mor de reconstituir su organismo, algo debilitado; don Federico esperaba tenerla pronto de vuelta; tal vez pasase la señora unos meses en el campo, y su esposo la visitaría siempre que pudiese, algún domingo y fiesta de guardar, ya que no podía dejar sola la tienda. Nunca estuvo el comercio del Indio tan concurrido de damas y caballeros aficionados por igual a las lenguas de gato y a las lenguas viperinas, a las trufas de chocolate y a la maledicencia; y así, por paradoja, la malsana curiosidad del barrio redundaba en beneficio de la caja del Indio y don Federico no paraba de pesar cacao en polvo y de envolver cajitas de bombones.

Pero lo que causó verdadero asombro fue la ausencia de doña Leonor de Zapata en Madrid cuando llegaron las famosas fiestas de Navidad. Era doña Leonor muy adicta a las tradiciones propias de las fechas, que cumplía con auténtica unción ritual: jamás faltaba al mercado de la Plaza Mayor, donde se proveía en persona del pavo obligado para la comida del veinticinco de diciembre; era experta doña Leonor en escrutar aquellos animalotes un tanto siniestros, en conocer su calidad y hasta su futuro sabor por la apariencia de las patas y del moco granate que, según la especialista chocolatera, había de ser de color muy subido, casi cardenalicio. Una vez elegido el animal, nadie la ganaba a regatear con el pavero, del que siempre obtenía un precio conveniente merced a una táctica propia de un mercader veneciano. Ajustaba con las mismas maneras draconianas el precio del porte con algún ganapán de los que pululan siempre en torno a los mercados y, una vez en casa el animalote, no consentía doña Leonor que lo tocaran otras que sus blancas manos, que eran –quién lo diría– expertas degolladoras de aves.

No nos extenderemos tampoco en los prodigios que la señora hacía en la cocina con el cuerpo del delito: el relleno de manzanas y castañas, la guarnición de morada col lombarda nos exigirían más espacio del que disponemos en este libro.

No menos ritual era la obtención del besugo, manjar obligado en la cena de Nochebuena, que doña Leonor encargaba con fidelidad absoluta a Bermudo Geijo, el mejor pescadero del barrio y aun de Madrid entero.

Era Bermudo natural de la Maragatería leonesa, como tantos otros pescaderos de Madrid. Como buen maragato, avispado y silencioso, trabajador y negociante. Con semanas, con meses de antelación, se pasaba doña Leonor por la tienda de Geijo, recordándole su compromiso: «Mire que para Nochebuena me tenga dos besuguitos buenos, que ya sabe que yo soy clienta de toda la vida y nunca le he fallado.» «Que no se le vaya a olvidar, Geijo, que no me obligue usted a enfadarme.» «Que no sean ni muy grandes ni muy pequeños, y que tengan las agallas bien coloradas y el ojo saltón, que ya sabe usted que yo conozco el pescado, que no le compraré cualquier cosa.» Y así, con esa mezcla de amenazas y zalamerías, de promesas y reconvenciones, conseguía la buena señora los dos mejores besugos que el veinticuatro de diciembre pisaban Madrid, si es que tal cosa puede decirse de un pescado.

Por eso causó gran revuelo la noticia de la ausencia de doña Leonor: ¿la del Indio privándose del sacrificio cruento del pavo en honor del Dios hecho Hombre?, ¿la del Indio sin visitas periódicas a Bermudo para recordarle la buena salud requerida a los besugos? Aquí pasaba algo, y algo muy gordo.

El barrio entero estaba en un ay y había aumentado su consumo habitual de chocolatinas y cacao en polvo cuando una nueva noticia vino a conmoverlo: don Federico cerraba la tienda durante dos semanas, para marchar a Las Rozas, donde pasaría con doña Leonor el tiempo que media entre Nochebuena y el día de los Reyes.

El regreso de don Federico Zapata

Y así fue: Pedro Crespo fue compensado con un sustancioso aguinaldo, el Indio quedó recluido entre paredes silenciosas y cierres metálicos, detenida la marcha implacable de sus tolvas; con un frío de diablos, el chocolatero viajó hasta el serrano pueblo dejando a Madrid sumido en un clamor de zambombas y panderetas e infestado de muchachuelos que pedían el aguinaldo a todas horas.

Cuando regresó, pasados los Reyes, tuvo la tienda del Indio su más fecunda jornada de la historia: el barrio entero necesitaba chocolate, como si las fiestas navideñas hubieran despertado entre los parroquianos un voraz apetito del oscuro manjar, apetito que había acabado con las existencias en todas las casas. En sólo un par de horas desfilaron Purificación la del banco; Casilda Bonaparte, acompañada de su marido el cajista de «La Eficiencia»; don Juan Eguiluz, circunspecto propietario de la mercería «Imperial», que siempre mandaba a comprar a la criada; la señora de Eguiluz, que vino por su cuenta a hacer otra compra; Teodora Sánchez, viuda de Requejo, con su hija Teodorita; la señora Emiliana Prados, de la casa de huéspedes «Santa Teresa». Amén de criadas, doncellas, porteras, muchachos de escuela y otra gente de menor entidad.

Entre pesada y pesada, mientras ataba primorosos paquetitos con cordel de algodón, un don Federico satisfecho iba dando nuevas: la señora se encontraba en estado interesante. Doña Leonor estaba encinta de casi cinco meses: tal era la enfermedad que la aquejaba y que había merecido la prescripción de reposo campestre por parte de don Julián, el médico de la familia. No habían querido decirlo antes por temor a que se malograsen sus esperanzas, pues la buena señora se hallaba poseída de un supersticioso temor de que la publicidad de la buena nueva podía echar a rodar el fruto tan laboriosamente conseguido. Estaba doña Leonor que no cabía en sí de gozo, solícitamente atendida por Paquita y disfrutando de buena salud, dentro de su estado. No, era preferible que no recibiese visitas. Quizás daría a luz en el campo, asistida por una experta comadrona, pues así lo había recomendado el doctor, muy partidario de los salutíferos aires rurales.

A mediodía todo el barrio conocía la noticia: doña Leonor de Zapata, la mujer de don Federico el del Indio, esperaba una criatura para el mes de mayo.

La neófita

Pasaron los meses, en la alegre monotonía que caracterizaba la vida de aquellos parroquianos. Lo que en un momento fue objeto de general curiosidad pasó a considerarse como una más de las noticias triviales que trufaban el devenir cotidiano. Y ya casi nadie se acordaba del embarazo de doña Leonor cuando un día de finales de mayo don Federico recibió un recado urgente y partió raudo hacia Las Rozas dejando —cosa insólita— la tienda al cuidado de Viruelas.

127

Regresó a los tres días, exultante de felicidad: había sido niña y tanto la madre como la criatura se encontraban perfectamente, aunque doña Leonor se hallase naturalmente debilitada por el parto.

Finalizaba ya junio cuando un simón se detuvo ante el portal de una casa de la calle de la Luna, esquina a la de San Roque, es decir, justo enfrente de la tienda de chocolates el Indio. Del carruaje descendió primero don Federico, quien ofreció su mano para ayudar a bajar a una doña Leonor de semblante tan apacible como de costumbre, en cuya fisonomía no parecían haber dejado ninguna huella los accidentes del embarazo y el parto. Desde dentro del coche pusiéronle en los brazos un revoltillo de blondas y encajes, digno envoltorio de una criatura colorada y gordezuela que, pese a su edad de pocos días, berreaba saludablemente. Por último, descendió del simón una Paquita más rellena y amujerada que meses atrás, mantecosa y pechugona como una nodriza gallega.

Celebróse el bautizo pocos días después, en la pila bautismal de la parroquia del barrio, que era la de San Martín. Recibió la neófita el nombre de Isabel, en honor de la bienamada reina de todos los españoles; con lo cual hicieron los chocolateros profesión de fe monárquica, al tiempo que su hija recibía las aguas del bautismo. Acudió a la celebración lo mejor del barrio, arrojáronse a la salida del templo las perras chicas y las peladillas de rigor, que los chiquillos de la calle se disputaron bulliciosamente; en signo de caritativa conmemoración, donaron los padres de la neófita cacao y leche suficientes como para que se ofreciese una taza de chocolate a todos los menesterosos que acudieran a la parroquia. Y así se incorporó al seno de la Iglesia y a la vida del barrio Isabel Zapata, que con el paso de los años sería llamada por todos Isabelita la del Indio.

Pasan los años

Poco hay de reseñar en los años que siguieron, que fueron plácidos y un tanto aburridos: Isabelita se criaba que daba gloria verla, tan robusta como una criatura del campo y sin los dengues y pejigueras de las niñas de ciudad, muchas veces flor de estufa. Era colorada, vivaracha y saludable, y con dos añitos, aún lactante, ya correteaba y parloteaba por toda la casa, encantando a todos. No se podría decir quién la quería más: si don Federico, que como padre tardío la consentía demasiado; doña Leonor, siempre madraza; o la propia Paquita, que se convirtió en ama seca de la niña, quedando la criada vieja al cuidado de las tareas domésticas.

Tres añitos tenía la niña cuando se produjo el acontecimiento más señalado de los últimos tiempos: la marcha de Paquita, camino de la Maragatería leonesa.

Era el caso que Bermudo Geijo, el pescadero proveedor de aquella real casa, trajo de su tierra un medio sobrino suyo, muchacho sencillo, honrado y cabal, al cual no acababan de probar los usos de la vida ciudadana. Comenzó el muchacho, que por paradoja se llamaba Urbano, a ayudar a su tío en el reparto de la mercancía; con frecuencia iba a casa de los Zapata, que se preciaban de comer buen pescado los viernes y aun algunos otros días de entresemana. Fue así como conoció a Paquita, que a veces le atendía y le daba palique, y por esta extraña vía se convirtieron en mensajeros del amor no las calandrias y los ruiseñores que reza una canción del pueblo, sino los besugos, las merluzas y los salmonetes, animales quizás no tan poéticos pero de mucha más sustancia. Por el mes era de mayo, cuando hace la calor, cuando el Urbano y la Paquita comenzaron a festejar: su amor había nacido con los besugos y se afirmaba con las sardinas.

Mucho platicaron los dos novios acerca de su pasado, su presente y su futuro, como suele ser habitual entre novios de toda condición. Resultó que al Urbano no le gustaba ni poco ni mucho Madrid, y que la vida de la ciudad, tan envidiada por muchos de sus coterráneos, parecíale al muchacho de mucho ruido y pocas nueces, mucha apariencia y poca consistencia; él prefería volverse a su tierra, al pueblo de Val de San Lorenzo, de donde era natural, a cultivar las tierras pobres pero honradas de la familia. Dolíale a Paquita la idea de marcharse de Madrid, no tanto por dejar la urbe −que en esto era ella más de pueblo que otra cosa− como por abandonar a su querida Isabelita, de la que estaba prendada. Pero al fin pudo más el amor, Urbano y Paquita anunciaron su boda para el otoño −para los meses con erre que traen los primeros mariscos, pensó el bueno de Bermudo, que todo lo veía a través del mundo submarino−, despidióse el muchacho de su tío y la moza de sus amos con no pocas lágrimas y partió la pareja en largo viaje rumbo a Astorga, ciudad episcopal y puerta de la Maragatería.

Perdónenos el lector esta larga digresión sobre los antecedentes de la familia Zapata, imprescindible para seguir el hilo de nuestra historia.

Retomemos éste en el punto en que se encontraba: una mañana de primavera, casi quince años después del bautizo de Isabelita. Excusado es decir que durante estos años la neófita había crecido, convirtiéndose en una hermosa jovencita. La Naturaleza había prodigado en ella sus gracias como sus papás prodigaron los mimos, y el resultado fue una muchacha en la edad que llaman de la niña bonita, y en este caso con razón: la color trigueña y los ojos del tono de la miel, los cabellos entre rubios y castaños todavía recogidos en gruesa trenza; era la niña una delicia que empezaba a vestir sus primeras galas de mujer para acompañar a su madre a misa o a las visitas, y que al otoño próximo estrenaría su primer vestido de teatro, acto social que entre los tenderos acomodados de Madrid suplía al baile de presentación en sociedad que ofrecían las niñas de las más altas y aristocráticas esferas: la primera asistencia al coliseo identificaba a las muchachas que constituían la flor y nata del barrio como jóvenes casaderas. No menos esmerada que su apariencia física fue la educación de la niña, pues sus padres no habían escatimado esfuerzos para convertirla en una auténtica señorita; unos años con las monjas del convento de don Juan de Alarcón le habían dado la necesaria formación cristiana y las primeras letras, amén de los primores del bordado y otras habilidades propias de las hijas de las mejores familias: sabía la niña pintar sobre porcelana, hacer mermeladas, coleccionar estampas en hermosos álbumes traídos de París y hasta tocar un poquito el piano. Lo demás lo hacían su natural modestia y su amable trato.

La mañana de este día de primavera en que comenzó nuestra historia había transcurrido como de costumbre: Viruelas amasaba con mimo la oscura pasta del chocolate en su recipiente de cobre, removiendo parsimoniosamente con una pala de madera. Don Federico, sumido en aquel aroma que tenía algo de incensal, envolvía libras de chocolate o hacía paquetitos de cacao en polvo. De cuando en cuando sonaban alegremente las campanillas del carillón de la puerta y poco después se oía el no menos alegre tintineo de monedas que caían en el cajón.

La hora más concurrida era siempre en torno a las doce, cuando las señoras volvían de las compras y aprovechaban el viaje de regreso a casa para adquirir esa golosina que había de alegrar el postre o entretener la merienda. Justo a aquella hora, en un momento en que había en la tienda dos o tres parroquianos, sonó animadamente el carillón, abrióse con energía la puerta de cristales grabados al ácido y penetró en el establecimiento un caballero de unos treinta años, con el inequívoco sello de los indianos: el bastón de caña, el sombrero de panamá, el traje colonial de color marfil, si bien adecuados para la estación y el clima de aquella hermosa mañana, denotaban a las claras que aquel señor acababa de llegar de América. El hecho de que no hubiera adoptado una vestimenta más convencional parecía indicar que estaba orgulloso de venir de aquellas tierras. Y la leontina de oro que le cruzaba el pecho y el grueso tresillo de diamantes que le adornaba el anular de la mano izquierda demostraban que le habían ido bien los negocios en ultramar.

El desconocido esperó pacientemente a que estuviera atendida la clientela, que no dejó ni por un momento de espiarle a través del hermoso espejo que se extendía detrás del mostrador; espejo que sirvió al propio don Federico para el mismo fin, pues había llegado el buen hombre a dominar con pericia la técnica de desmenuzar a la clientela a través del espejo al tiempo que escogía, pesaba, empaquetaba y cobraba la mercancía.

Cuando todos se hubieron ido y quedó un momento la tienda desierta, el indiano se acercó al mostrador, apoyó dos manos morenas y viriles sobre el mármol blanco e, inclinándose ligeramente como si fuese a pedir una onza de lenguas de gato, dijo con voz pausada y algo tocada de acento ultramarino:

–He venido solamente para saludarle, don Federico. Soy Álvaro Mendoza.

El indiano en el Indio

No puede resumirse en pocas líneas cuán celebrada fue en el barrio la vuelta de Alvarito Mendoza, ya hecho un hombre y enriquecido en ultramar. Había pasado el mozo a Cuba, donde no halló los parientes que buscaba, pero sí pudo ganarse honradamente la vida primero en un oficio que nunca se supo cuál era, luego como comerciante y más tarde como armador de una flota dedicada a la importación y exportación de mercancías. Llegados los treinta y un años, había liquidado su negocio y traído todo su pingüe capital a la metrópoli, donde pensaba instalarse.

Todo esto lo narró el propio Álvaro Mendoza en una comida memorable en casa de los Zapata, un domingo de finales de mayo. Había echado doña Leonor la casa por la ventana: puso el mejor mantel de la casa y la vajilla de las fiestas solemnes, sacó brillo a la cubertería de plata y hasta aderezó un hermoso capón de la misma forma que preparaba el pavo por Navidad. Acogía la buena señora a Álvaro Mendoza −al que ella seguía llamando Alvarito, como en el tiempo de su mocedad− como al hijo pródigo que regresa a casa, con la ventaja de que esta vez el pródigo regresaba no roto y miserable como en la parábola, sino forrado de patacones y con leontina de oro.

No escapó a la perspicacia de don Álvaro cómo la buena de doña Leonor le metía por los ojos a la niña de la casa, Isabelita. Resultó que todo lo bueno de la casa y de la mesa era obra de la muchacha: si el mantel, había sido bordado por la niña cuando estuvo en las monjas; si el capón, la señorita de la casa lo había ayudado a condimentar, bajo la experta dirección de su mamá; si el licor de guindas de los postres, era obra de Isabelita, con una receta de las mismas monjas; si los pañitos de filtiré que protegían brazos y respaldos del sofá y de los sillones, se debían a la hacendosa habilidad de la reina de la casa. Era, según sus obras, una joya la tal Isabel.

Pero más atento que a sus habilidades culinarias o para las labores domésticas estaba Álvaro Mendoza a las gracias físicas de la niña: qué ojos, qué labios, qué mejillas sonrosadas. O mucho se equivocaba y no sabía nada de mujeres −y forzoso es decir que el antiguo Alvarito había corrido mundo en estos quince años y sabía de qué hablaba– o aquella niña era fuego puro bajo la apariencia de una azucena helada. No había más que ver cómo entreabría los labios cuando escuchaba atentamente –arrobada, más bien– al convidado, o con qué dengues no aprendidos, sino fruto de la intuición, dejaba caer sobre sus ojos el pesado cortinón de unas pestañas doradas que parecían de terciopelo. La gruesa trenza infantil le daba ganas a Álvaro Mendoza de morderla, de deshacerla a tirones y esparcirla como una cortina color miel sobre las espaldas y aun sobre el rostro de su dueña. Y bajo el vestido de seda tornasolada se adivinaban unas formas tan apetecibles como los exóticos frutos de ultramar que Álvaro había gustado en el Caribe. Estaba, en fin, el invitado encantado con la niña, y ella no menos con el recién llegado; y, lo que era más gracioso, la señorita de la casa no hacía nada por disimular su interés: con ingenuidad palmaria mostraba ante las mismas caras de sus padres una solicitud más que excesiva por el joven recién llegado, lo cual añadía, a juicio de Álvaro, un cierto picante a la situación.

La sobremesa fue larga y de ninguna manera tediosa; para los Zapata, tuvo el interés de oír contar las fantásticas anécdotas ultramarinas que Alvarito Mendoza se había traído consigo: historias de mulatas y bohíos, de azaroso comercio y peligrosas travesías, de enriquecimientos súbitos y ruinas fulminantes, todo convenientemente suavizado y hermoseado a fin de hacerlo apto para los castos oídos y las rectas convicciones morales de los contertulios. Para Álvaro, más que el capón relleno o la amable hospitalidad de los chocolateros, resultó grata la presencia de Isabelita, una criatura inocente por la que empezaba a sentir un interés algo perverso.

El caserón de la calle del Pez

El barrio entero se hinchó de satisfacción cuando Álvaro Mendoza manifestó su deseo de aposentar en él sus reales. El que un antiguo hijo del barrio, que regresaba rico de América y podía comprar la mejor casa de Madrid o mandarse construir un palacete en el mismísimo Paseo de la Castellana, desease asentarse a vivir en aquellas calles modestas fue ponderado con orgullo en todas las tiendas y las porterías de la Corredera Baja, de la calle de la Luna y de San Roque, y aun nos atreveríamos a decir que, escalando las empinadas cuestas del Molino de Viento y de la Madera, había llegado la feliz noticia hasta la mismísima plaza de San Ildefonso y hasta las calles de la Palma y del Espíritu Santo. En el barrio, en fin, no se hablaba de otra cosa, sino de la mansión que escogería don Álvaro de Mendoza —al antiguo Alvarito le habían crecido un *don* y un *de* como las dos ramas de una corona de laurel que le orlara la frente— y si sería una casa antigua o una de nueva planta.

Gran sorpresa causó, sin embargo, que el indiano se inclinase por un caserón viejo y casi derruido, sito en la calle del Pez. Sin duda dos siglos atrás la casa había sido un hermoso palacio, ordenado en torno a lo que debió de ser un magnífico jardín interior. Pero la casa se hallaba cerrada desde hacía muchos años —en realidad, nadie del barrio recordaba haberla visto habitada, y algunos decían que se cerró en tiempos de la francesada y no se había vuelto a abrir– y el jardín, que habría sido la joya de la casa, se hallaba en un estado de descuido lamentable, lleno de maleza y entreverado de árboles caídos que se pudrían entre un enjambre de zarzas y malas hierbas.

Para tan extraña elección no dio Álvaro otra causa que la de que lo hacía en veneración de la memoria de su padre, que siempre había gustado mucho de aquel caserón y en repetidas ocasiones le había dicho que, de tener él dinero, lo compraría y restauraría convenientemente; y llegó a insinuar que el interés de su padre por la vieja casa venía causado porque el edificio le traía recuerdos de un tiempo pasado. No explicó, sin embargo, qué recuerdos ni qué pasado eran esos, así que los motivos que pudiera tener el Inglés para esa predilección quedaron sepultados en la oscuridad de la noche de los tiempos; pero todos alabaron la veneración filial que ordenaba aquella decisión.

Comenzaron, pues, las obras de remodelación del viejo edificio: reparáronse vigas, reforzáronse muros, remozáronse tabiques; se pulieron suelos, se sustituyeron marcos de puertas y ventanas y hasta se pusieron nuevos hierros en los balcones y ventanas. Casi un año duró la obra, en la que trabajaban diez o doce operarios sin descanso. Y cuando al fin se revocó la fachada y se colocaron aldabones en forma de mano en el portón de la entrada principal, todo el barrio convino en que la casa de don Álvaro de Mendoza, sita en la calle del Pez, era la mejor del barrio.

Sólo el jardín quedó sin tocar. Fuera por descuido, por desinterés por la Naturaleza ajardinada o por una extraña nostalgia de la salvaje feracidad de las selvas americanas, lo cierto es que don Álvaro no se preocupó de aderezar y hermosear el jardín como lo había hecho con la casa. Y así, desde las ventanas de las elegantes estancias, que mandó ornar con los mejores muebles traídos de París, se veía la enmarañada selva de un jardín inculto, pero no exento de belleza.

Alvarito y sus obsequios

Pero por atender a las labores reconstructoras patrocinadas por don Álvaro hemos descuidado una buena parte de la historia. El caso es que durante todo este tiempo menudearon las visitas de Álvaro Mendoza a la casa de los Zapata: acudía un domingo a comer, un miércoles a visitar, un jueves a acompañar a las señoras al teatro, un viernes a llevar a doña Leonor y a Isabelita a los Primeros Viernes de la iglesia del Carmen, de los que era Álvaro también muy devoto; algún lunes a visitar a San Nicolás en su iglesia de la calle de Atocha, devoción muy estimada de doña Leonor; los sábados, a merendar a la casa de la calle de la Luna. Y así, casi imperceptiblemente y una vez por una causa y otra por otra, todos los días pasaba Álvaro Mendoza por casa de los Zapata y acompañaba a Isabelita y a su mamá en las más diversas y honestas actividades.

Isabelita, con todo esto, iba poniéndose cada vez más guapa y más coqueta, indicio claro no sólo de su maduración física sino también espiritual: de niña pasaba a mujer, y era la coquetería el termómetro que indicaba el paso de un estado a otro.

138

Iban menudeando también los obsequios de Álvaro a Isabelita y a su mamá. Eran, naturalmente, bagatelas sin importancia: un día se presentaba con un hermoso ramo de flores; otro, con unas estampas traídas de Francia; otro, con un pañuelito de seda que había comprado por curiosidad en la tienda de «Freijeiro e hijos», adonde había acudido para encargarse unas camisas; al otro, una cajita china muy curiosa, lacada en rojo y con un ave del paraíso en la tapa, que tenía un cierre oculto que la hacía muy difícil de abrir; una medallita de la Virgen de la Merced, de plata; otra medallita de San Antonio, esta vez de oro. Y así fueron multiplicándose los obsequios y aumentando de precio sin sentir, y de la estampita de papel se pasó al pañuelo de seda, y de la medallita de plata a la de oro, y al cabo del año habían recibido la madre y la hija un buen caudal en bagatelas. Con lo cual se hacía lenguas doña Leonor de la fineza y generosidad de Álvaro Mendoza, a quien en su interior llamaba ya yerno.

Una boda de postín

No tardaron en cumplirse felizmente los vaticinios de la buena señora. Un domingo en que, como tantos, se encontraba Álvaro invitado en la casa, llegada la hora de la sobremesa, el caballero sacó del bolsillo una cajita forrada de raso azul, gesto que no llamó la atención de nadie por lo frecuente de los obsequios de Alvarito Mendoza a las señoras de la casa. Pero, para sorpresa de todos, Álvaro no entregó la cajita a Isabel o a su mamá, sino que la puso en manos de don Federico y, con cierta solemnidad, le dijo que se tendría muy honrado si la familia quisiese aceptar lo que en aquella caja iba, y con ello su más ferviente deseo de agradarles.

Abierta la caja por el sorprendido don Federico, salió de su interior un hermoso brazalete de oro y esmeraldas, en cuyo centro una constelación de brillantes finísimos componía las letras del nombre de Isabel. Era, en fin, una pulsera de pedida, y aquella misma tarde, repuesta ya del susto la familia y pasado por alto lo heterodoxo del procedimiento, se concertó la boda de Álvaro Mendoza e Isabelita Zapata.

Comenzaron en aquel punto los febriles preparativos del ajuar de la novia. Álvaro Mendoza se ofreció a aportar como arras todo lo que la joven pudiese precisar en cuanto a ropa de cama y mesa, lencería y vestuario personal, amén de joyas y muebles. Pero los chocolateros insistieron en dilatar la boda hasta que Isabelita hubiera bordado unas cuantas mantelerías, juegos de cama y camisas de dormir para ella misma y para el novio, como era debido en una muchacha honrada y que se preciase. En el fondo, temían las murmuraciones del barrio si se precipitaba la por todos tan deseada ceremonia.

Consintió Alvarito en la demora, que aprovechó para terminar de aderezar la nueva casa y asentarse en ella, y para comprarse coche y contratar criados: hizo venir cocinera y pinche, planchadora, lavandera −lujo insólito en el barrio, donde la ropa se daba a lavar a lavanderas ambulantes o, como mucho, se lavaba en casa dos veces al mes con el concurso de una moza de lavado que acudía al efecto−, ama de llaves y dos criadas para todo, amén de un mozo de cuadra que hacía también de cochero. Para la futura dueña de la casa trajo una doncella, de nombre Florencia, que había de ser la encargada de vestir y peinar a la señora y de cuidar de su guardarropa. Se hizo, en fin, con un cuerpo de casa digno de un duque y envidia de todos los tenderos del barrio que, por mucho que fuese su desahogo, no podían permitirse más que una criada para todo y, si acaso, una cocinera.

Isabel apenas hizo sino dar su aprobación a todo: al cuerpo de casa y a la casa misma, a los muebles recién comprados, a las tapicerías finas, a la vajilla inglesa y al piano alemán del salón de baile.

Sólo una cosa no gustaba a la muchacha de la que había de ser su nueva casa: Álvaro se había empeñado en colocar sobre el mismísimo lecho nupcial un cuadro muy feo, que a todos parecía fuera de lugar menos al dueño de la casa. Representaba la pintura a una señora antigua, vestida a la manera que aparece en los lienzos del famoso Velázquez y de otros pintores contemporáneos; tenía el cuadro la oscuridad propia del estilo de la época, que algunos llaman tenebrista, de modo que apenas se distinguían los rasgos de la dama retratada ni los detalles de su atuendo, de un color verdoso indefinido. No hubo forma de conseguir que Álvaro lo quitase de allí o lo colocase en otro rincón de la casa; y ante la importunidad de Isabelita, que continuamente le preguntaba el porqué de su empecinamiento, accedió el indiano a contarle la historia de la pintura: tratábase del único recuerdo que guardaba de su padre, quien a su vez lo tenía en mucha estima; con el lienzo enrollado en una maleta había viajado el joven huérfano hasta La Habana, ignorando siempre quién fuera aquella señora del retrato, pero apegado a ella como su única posesión de familia; y, vuelto a España, habíalo mandado encolar a una tabla y barnizar por encima para conservarlo mejor.

Pero lo que más inquietaba a Isabel era la mano misteriosa y desgajada del cuerpo que se posaba, sin propietario, sobre el hombro de la dama. Era que, por ser el lienzo muy grande, había se visto Álvaro en la precisión de cortarlo, dejando a la dama sola y eliminando otra figura que le acompañaba, y que era la de un niño como de la edad que tendría el propio indiano cuando abandonó su patria camino de ultramar; comoquiera que la figura desaparecida tenía una mano apoyada en el hombro de la dama, con la mutilación del lienzo quedó la dama sola, pero con esa mano posada como un ave sobre la articulación.

Parecíale a Isabel aquella mano un signo de mal agüero, como si introdujeran a un extraño en la alcoba nupcial. No podía quitarse de la cabeza que algún día aparecería el propietario de la mano cortada a reclamarla, o que la mano descendería sobre el lecho para estrangularla a ella y a su marido cuando estuviesen durmiendo. Eran, en fin, aprensiones de niña, a las que Álvaro contestaba riendo y pidiéndole a Isabel su blanca mano para hacer juego con la del cuadro, don que ella acababa por ofrecerle, ruborosa y coqueta.

En fin, un día de mediados de junio, cuando Isabelita acababa de cumplir los diecisiete años y Álvaro caminaba hacia la edad de Cristo, tuvo lugar la boda postinera en la misma iglesia de San Martín en que la novia había recibido las aguas del bautismo.

Nunca se había visto en el barrio tal concurso de coches, ni tanta concurrencia de damas vestidas en Francia, ni tantos títulos y pechos condecorados descender de los vehículos para acudir a un casamiento. Los dos años que llevaba Álvaro de Mendoza en Madrid le habían servido para intimar con lo mejor de los banqueros y bolsistas del barrio de Salamanca a los que se había aliado en negocios fabulosos, con la nobleza más tronada y sobrada de lustre pero falta de perras (que era precisamente lo que tenía de sobras Álvaro), y hasta se rumoreaba que con los círculos cortesanos que rodeaban a la bienamada reina Isabel.

El casamiento sirvió de comidilla durante mucho tiempo en el barrio: porteras y tenderos, vendedores del mercado de San Ildefonso y menestrales de la calle de la Madera y de las Pozas desmenuzaron el vestido de la novia, cortado y cosido en la mejor tienda de la Carrera de San Jerónimo según modelo de París; la elegancia del novio, las joyas de la concurrencia y hasta los ricos jaeces de los caballos que tiraban de los coches. Aunque fueron pocos los que pudieron comprobarlo —pues a pocos vecinos del barrio se invitó—, se decía que el convite, celebrado en el palacio de la calle del Pez, había sido de diecisiete platos y cinco postres, servido por camareros de uniforme y traído especialmente de Lhardy para celebrar por todo lo alto no las bodas de Camacho, sino las de don Álvaro Mendoza.

Y de esta rumbosa manera se convirtió Isabelita la del Indio en Isabel la del Indiano.

La vida en la casa de Mendoza

Con Isabel Zapata de Mendoza no se cumplió el vaticinio de las novias casadas en San Martín: los novios entraron, sí, por la calle de la Luna, pero no salieron por el Desengaño sino por otra luna más alta y más redonda. O al menos así se lo parecía a Isabelita, felizmente casada, convertida en dilecta esposa y, de la noche a la mañana, en señora de una gran casa. El paso del pisito de la calle de la Luna esquina a la de San Roque al caserón lleno de criados de la calle del Pez lo llevó a cabo con gracia inimaginable: de niña de la casa, apenas salida de su educación monjil, se convirtió en señora en un abrir y cerrar de ojos. Nadie supo cómo aprendió aquella niña a mandar a los criados sin soberbia pero sin un punto de condescendencia, a elegir los vestidos más elegantes y las joyas más apropiadas, y a lucir sin desdecir un punto en los salones más empingorotados de Madrid, a llevar una conversación mundana y a manejar con gracia y coquetería el abanico. La hija de los chocolateros se convirtió en una gran dama a la que envidiaban por elegante las mujeres de los banqueros.

No menos encantado estaba Álvaro Mendoza que, aunque no lo hayamos dicho, era de talante más bien melancólico y taciturno. Mil veces se había preguntado si no hacía una locura eligiendo a la chocolaterita simplemente porque le gustaba, y si no haría mejor cortejando a alguna señorita de buena familia que le abriese las puertas de la mejor sociedad. Pero a todas sus cavilaciones se superponía siempre la imagen sensual de Isabel, aquella trenza que cada vez que la veía sentía ganas de morder con fuerzas, y acababa por encaminarse a la calle de la Luna para llevarle un ramito de violetas o una cinta de raso.

Fue, pues, Álvaro al altar con la convicción de que echaba a rodar todo un plan minuciosamente concebido, de que destruía su ambicioso proyecto de codearse con lo mejor de Madrid por culpa de aquella trenza de color rubio ceniciento. Ya se había resignado a morder la trenza y tragarse sus ambiciones sociales, cuando la propietaria de tan espléndido apéndice capilar se reveló de pronto como la mujer que podía hacerle alcanzar sus objetivos: convertida la trenza infantil en un bien peinado moño, Isabel era un encanto en los salones, un acontecimiento en los palcos del teatro y una delicia en los bailes de sociedad; era la casadita joven a la que invitan las duquesas y requiebran los banqueros vejancones. Era, en fin, la mujer que le convenía.

Y forzoso es decir que no sólo le convenía en los salones. La primera vez que Álvaro tuvo entre sus manos la anhelada trenza de pelo, y la deshizo primero con suavidad y luego con violencia, la propietaria se le había mostrado tan desenvuelta y natural, tan espontánea y alegre, tan rozagante, que por un momento el caballero había tenido una duda: ¿sería aquella muchachita más avezada de lo que él había imaginado, y le habrían vendido los chocolateros una pastilla dulce por fuera y amarga por dentro? La soez expresión «mercancía averiada» pasó un momento por su cabeza, y se borró enseguida al comprobar una evidencia cuyos detalles ahorramos al lector. Isabel era así de natural y fresca, y en pocos días se convirtió en una gran señora de día y en una refinada amante de noche.

A Isabel, en el fondo, le importaban más los días que las noches. Consideraba naturales las expansiones de su marido, las aceptaba como quien acepta una galantería o el regalo de unos pendientes o de un costurero, las agradecía con la misma sencillez y no se preguntaba más. Tal vez por ello era feliz y hacía feliz de paso al indiano, a quien la disposición de su mujer le recordaba la de algunas criaturas semisalvajes que trató (¡y de qué manera!) en el Caribe, y que eran también poco dadas a filosofías.

Así transcurrieron varios meses en la casa de la calle del Pez. Isabel triunfaba en los salones con sus vestidos de *crêpe* y muselina, mientras el barrio entero espiaba sus bien formadas caderas y su vientre terso tratando de descubrir las huellas de una maternidad incipiente. Pero nada: había pasado casi un año desde la boda y la del Indiano no daba muestras de buena esperanza. Isabelita –decían las porteras– llevaba el mismo camino que su madre.

Llega una maragata

Más de un año había transcurrido desde aquella boda cuando atravesaba los corrillos y mentideros de la Puerta del Sol una campesina vestida a la usanza de la Maragatería, portando en la mano un hatillo mal compuesto envuelto en papel de estraza y ligado con cordel. Poco repararon los caballeros que en aquel momento comentaban las alzas y bajas del cercano mercado de la Bolsa en aquella lugareña que, en verdad, no se distinguía ni poco ni mucho de los miles de forasteros que, procedentes de las aldeas de Castilla, de León, de Asturias, de Galicia y de Extremadura llegan cada día a la capital. Unos vienen con intención de vender sus mercancías, como los mieleros de la Alcarria o las bordadoras de Lagartera, ataviadas con sus pintorescas faldas de muchos colores; otras son mozas gallegas y asturianas que vienen a servir a la capital, o a ofrecerse como amas de cría, tarea para la que son muy apreciadas; algunos acuden a la marabunta de la Corte a arreglar papeles o a visitarse con algún médico de fama; y no son pocos los que, a mediados de mayo, vienen a conocer las famosas fiestas de San Isidro y que han motivado que el pueblo de Madrid, siempre amante de los chascarrillos, llame en general *isidros* a todos los visitantes procedentes del medio rústico. En fin, todos constituyen una abigarrada turbamulta que llega a la ciudad, pasa por ella y se aleja al poco tiempo sin dejar más huella que la nota pintoresca de sus variados atuendos y sus rústicas actitudes de pasmo ante los avances y maravillas de la ciudad.

No se detenía, sin embargo, nuestra maragata en descubrir los ingenios de aquella Babilonia ni en curiosear los escaparates de las tiendas de la Carrera de San Jerónimo y de la calle del Arenal. Antes bien, tomando derechamente por la del Carmen, emprendió luego por la que llaman de los Tudescos. Pero en vez de seguir su camino por la Corredera de San Pablo, torció al llegar a este punto por la calle de la Luna. Llegada a la confluencia de ésta con la de Silva, detúvose un momento como si meditase, contemplando la fachada de los chocolates El Indio, frontera a donde se encontraba. Pareció que dudaba la mujeruca si cruzar o no la calle, cruzóla al fin, vaciló un momento como si fuese a entrar en el establecimiento y tiró luego, apretando el paso, por la calle de San Roque abajo hasta la del Pez, ocultando algo la cara en el pañolón como si temiese ser vista.

Inútil precaución, puesto que nadie la hubiera reconocido así vestida y pasados tantos años, aunque en tiempos este personaje había sido pieza clave en la historia de la casa que hacía esquina entre las calles de la Luna y San Roque. Tratábase, en fin, curioso lector, de la mismísima Paquita, criada años atrás en casa de los Zapata y hoy honrada aldeana de la Maragatería, vecina con su esposo Urbano y con cuatro o cinco criaturas en el pueblo del Val de San Lorenzo.

Cómo y por qué había decidido la maragata de adopción emprender tan largo viaje es algo que merece algunos pormenores. Sucedió que aquel mismo año, dos meses atrás, había muerto en Val de San Lorenzo la anciana madre de Bermudo Geijo; acudió el pescadero como buen hijo tan pronto se supo de la gravedad de la enferma, y a punto estuvo de no llegar a tiempo al sepelio: tal fue la rápida sucesión de los hechos. Quedóse Bermudo unos días en el pueblo arreglando asuntos de herencias y repartos, y allí fue el visitarse con los vecinos y departir con familiares y conocidos. Supo por él Paquita de la boda de Isabel con Álvaro Mendoza y no paró desde entonces en rogar, insistir y apremiar al bueno de Urbano para que la dejase ir a la capital a dar la enhorabuena y entregar un modesto obsequio de bodas a la niña de sus ojos, que ella había contribuido a criar.

Resistióse Urbano en un principio, pues no le hacía gracia que su mujer viajase sola, dejando en la casa una recua de criaturas. Pero tanto hubo de rogar y suplicar la buena mujer que al fin el Urbano, medio a regañadientes, dio el permiso requerido y Paquita, ataviada con sus mejores galas, emprendió el largo viaje hasta la capital.

La maragata en la calle del Pez

Encaminóse pues nuestra maragata hacia la calle del Pez, siempre con su hatillo en la mano. Viósela mirar

148

atentamente las fachadas de las casas, como si buscase alguna en concreto y, habiéndose topado con la de los Mendoza, detúvose un momento ante la imponente fachada, como quien duda. Pareció que iba a dar media vuelta y, sin dejar su hato, desandar lo andado; pero al fin, sacando al parecer fuerzas de flaqueza, se dirigió al portón y presentóse al portero, quien la hizo esperar unos pocos puntos en el zaguán. Veíasela apurada y como temerosa de la entrevista: ora mesábase la barbilla, ora recorría el zaguán con pasitos cortos, ora enredaba los dedos en el cordel que ataba su fardo. Cuando al fin la hicieron pasar, una doncella la condujo directamente al gabinete del señor, donde en ese momento don Álvaro despachaba correspondencia relacionada con sus negocios.

Cerróse la puerta tras la maragata, que para sorpresa del lector podemos decir que no había preguntado por Isabelita, la niña de sus ojos, sino por el señor don Álvaro Mendoza, alegando venir desde muy lejos con un importante recado. Oyóse la varonil voz de don Álvaro preguntando, el susurro de la campesina y luego algunas voces más altas que otras y hasta diríase que algún sollozo, aunque esto último no está atestiguado. En aquel momento Isabel se encaminaba por el pasillo para consultar a su esposo sobre un asunto doméstico, pero al encontrar la puerta cerrada y oír voces supo que su esposo estaba acompañado y tal vez tratando graves asuntos, por lo que optó por volver a su cuarto de costura.

Al poco salió la maragata, con tanto sigilo como había entrado, y sin preguntar por la señora de la casa. Deshizo el camino hasta la Puerta del Sol y, al pasar cerca de la iglesia de San Martín, acercóse a su pórtico, donde se apretujaba gran copia de mendicantes. Y, sin más explicaciones, puso en manos de un anciano ciego el hatillo que traía en la mano, marchándose sin esperar las gracias y bendiciones del menesteroso.

Cuando el mendigo abrió el paquete no cupo en sí de la sorpresa: el mal envuelto hato contenía una manta maragata de bonísima lana, que le hizo un buen avío para sucesivos inviernos. Una manta digna de ser regalo de bodas para una campesina rica.

La melancolía de Álvaro Mendoza

En los siguientes días estuvo Álvaro Mendoza melancólico y como taciturno. A su mujer, que lo importunaba con preguntas y con zalamerías, le contestaba con evasivas: era producto de la preocupación por los negocios, pues aunque todo iba bien las empresas en que estaba metido —empresas que Isabel nunca supo cuáles eran— le daban muchos quebraderos de cabeza. Además, la situación política era preocupante: se hablaba de un nuevo pronunciamiento, el país se hallaba dividido en banderías y había quien osaba sin tapujos declararse partidario de la república y nada menos que de destronar a Su Majestad, la bienamada reina Isabel que había dado nombre a Isabel Zapata.

Álvaro, como buen *parvenu*, era monárquico y conservador, entre otras cosas porque tenía bienes que conservar y porque la subida de los progresistas podía suponer una catástrofe para algunos de sus negocios. Había procurado introducirse en los círculos de la nobleza más rancia y un golpe de timón en la política podía dar al traste con muchas de sus mejores alianzas.

150

Pero a Isabel no le convencían aquellas explicaciones políticas, aquellas apocalípticas descripciones de la ruina nacional con el advenimiento de la república, aquel rumor de sables que su marido decía oír como trasfondo de la vida pública. Desde hacía varios días tenía la mosca detrás de la oreja, y mira por dónde las fechas de sus sospechas venían a coincidir con la inexplicable actitud taciturna de Álvaro. Allí había pasado algo, y había pasado la mañana de aquella extraña visita, de la que su marido no le había dicho nada. Por la doncella y por el portero, Isabel se había informado de la venida de una misteriosa mujer, vestida como forastera campesina y portando un paquete en la mano, que había pedido hablar con su marido y se había marchado como llegó. Sí, era aquella visita la que lo había trastocado todo. Y, además, estaba la frase, la famosa frase que le martilleaba los oídos desde hacía varios días, sin podérsela quitar de la cabeza. A través de la puerta cerrada del gabinete de Álvaro, Isabel lo había podido oír muy bien: «Yo nunca dije quién era el padre, y por eso los señores no sabían...» Allí se había interrumpido Isabel, volviendo presurosa a sus habitaciones, asustada de lo que acababa de oír. ¿Quién era aquella misteriosa campesina, a qué padre y a qué niño se refería?

Sí, era seguro, se trataba de algún desliz de Álvaro, cometido antes del matrimonio. Pero ¿cuándo? Cuando marchó a La Habana era casi un niño; forzosamente había de ser en los primeros meses de su estancia, tal vez durante el noviazgo. ¡Ah, traidor! ¡Ah, fementido! ¿Con que ésas teníamos?: llevando medallitas de San Antonio y pañuelos de seda a la casa de la calle de la

Luna mientras se corría la gran juerga por ahí. ¡Ya le arreglaría ella! Aquí iba a arder Troya.

Pero acto seguido apenábale pensar en la criatura fruto de esos amores clandestinos, abandonada por su padre y tal vez condenada a la pobreza. ¡Ah, si ella pudiera saber quién era la misteriosa mujer, buscarla, hablar con ella, traer a la criatura a la casa que por su sangre le pertenecía!

Pero no, no podía ser, Isabel lo sabía. Aun en el improbable caso de que pudiera encontrar a la mujer, o quizás sonsacar a su marido. Tal vez unos meses antes, cuando todavía no... Pero ahora no, de ninguna manera. Y tenía que decírselo a Álvaro precisamente ahora, que él estaba sumido en sus pensamientos, preocupado por otro niño y por otra madre. El mundo era absurdo, o así le parecía a Isabel: las cosas sucedían siempre cuando no tenían que suceder. Ella hubiera adoptado con cariño al hijo de su marido unos meses atrás, hubiera sido una madre para él, pero ahora no: había empezado a sospechar algo que cambiaba totalmente las cosas.

Una visita a mamá

En estas estaban cuando, una ya calurosa tarde de veinte de junio, doña Isabel de Mendoza salió de su casa muy bien vestida, diciendo que se acercaba un momentito a la calle de la Luna a visitar a su señora madre, doña Leonor de Zapata.

No eran raras aquellas visitas de la niña a la madre, siempre puntualmente correspondidas por las de la madre a la hija, hasta el punto de que Álvaro había llegado a pensar que doña Leonor pasaba más tiempo en la casa de la calle del Pez que en la suya propia. Pero al fin, la mansión era grande, doña Leonor podía husmearlo todo sin estorbar mucho y hasta hacerse la ilusión de que aconsejaba a la señora de la casa e intervenía en el gobierno de aquel hogar con sus buenos consejos y providencias.

Más raro era, sin embargo, que Isabel saliese a la calle a tempranas horas de la tarde con aquel calor, máxime cuando había pasado el día quejándose de grandes sofocos. Mas, fuera como fuera, hete aquí que Isabel se encaminó a la casa de su madre, donde pasó no más de una hora. Si el discreto lector hubiera podido entrar en la casa de los Zapata habría presenciado una escena algo insólita: Isabel, con melindres vergonzosos, se empeñaba en contarle a su madre una cosa muy secreta; la señora preguntaba, inquiría detalles que la muchacha contestaba cada vez más azorada. Y finalmente acabaron las dos abrazándose, mientras por la cara alborozada de doña Leonor se deslizaba una paradójica lágrima de emoción. Despidiéronse las dos damas con efusiones e Isabelita regresó a su casa como alelada, sin cuidarse siquiera de buscar la acera de la sombra en aquel día de canícula.

La visita del señor marqués

Cuando Isabel llegó a su casa encontró a Álvaro ocupado en atender una visita, cosa que la enfadó. Últimamente, cada vez que buscaba a su marido, lo hallaba acompañado; parecía que todo el mundo entraba y salía de aquella casa como si fuera propia... hasta las campesinas desconocidas, pensaba Isabel con malhumor.

La visita de aquella tarde era, empero, de más campanillas: se trataba nada más y nada menos que de don Jacinto Ortiz de Gangoitia y Zárate, marqués de Bonastre, uno de los más conspicuos socios de Álvaro en sus fantásticos negocios.

Era don Jacinto hombre como cuadraba a su título y apellidos: vejete distinguido, siempre vestido impecablemente y de exquisitas maneras; la misma elegancia de su vestido la hacía don Jacinto extensiva a la discreción de su vida privada, que era tan disoluta como podían permitírselo su dinero, su apellido y su condición de empedernido soltero. Pero los pecadillos o pecadazos de la carne −y aun del pescado− de aquel señor estaban cometidos con tanta gracia y recato que la mejor sociedad de Madrid los reía −o, mejor, los sonreía− con benevolencia. Era don Jacinto privadísimo de Su Majestad (a la que llamaba sandungueramente la niña Isabel, por haberla conocido y tratado desde su entronizamiento cuando apenas era una criatura) y no menos devoto de sor Patrocinio, la santísima monjita, y aun decían algunos que más privado aún de don Francisco de Asís, si bien esto está por averiguarse.

Aquella tarde, don Jacinto estaba desalado, hasta el punto de casi perder su eterna compostura. Había pronunciamiento, fijo, y aquel..., aquel... (no lo decía por respeto de la señora de la casa) de O'Donnell sería tan calzonazos (perdón) como para dejar que se perdiesen el trono, la nación, la religión y el orden a manos de unos degenerados progresistas. ¡Ay, si don Pelayo, si el victorioso Cid Campeador levantasen la cabeza, fijo que la volvían a agachar de vergüenza! España perdida, España entregada a las hordas progresistas por culpa de un gobierno débil e irresoluto.

No menos de dos horas estuvo lamentándose don Jacinto de las hordas que se avecinaban −a las que Isabel imaginaba, no sabía por qué, como aquellos moros cargando a caballo que había visto en *La Ilustración* precisamente cuando la campaña de O'Donnell−, mientras se bebía el mejor brandy de Álvaro y se fumaba los cigarros que Mendoza se hacía traer expresamente de La Habana. Isabel se impacientaba.

Al fin, marchóse el señor marqués, todavía recitando un rosario de males futuros y dejando aliviados a los señores de la casa. Isabelita no cabía en sí de impaciencia. Se lo decía, sí, se lo decía... pero no, no se atrevía. ¿Cómo abordarlo? Álvaro hablaba de cosas triviales, decía chanzas sobre el recién ido vejete, e Isabel no veía el momento de soltar la bomba, le daba como sofoco. ¡Qué tonta!

Por fin se armó de valor, se lo soltó de repente y casi sin respirar: «Álvaro, vas a ser padre.» Álvaro la besó con cariño y emoción y mandó que, para la cena, sacasen el mejor vino de la bodega. Parecía muy contento y enseguida empezó a hacer planes sobre la criatura, sobre a quién se parecería, y qué nombre le habían de poner si era niño o niña: si niño, él quería que José, en memoria de su padre. Si niña, podía llamarse Leonor, como la madre de ella.

Transcurrió la velada apaciblemente, anunció la doncella la cena y cenaron los esposos en paz y armonía. Álvaro parecía tranquilo y menos taciturno que los días anteriores; no obstante, una cosa inquietaba a Isabel: en todo este rato, desde que había recibido la noticia, su marido no la había mirado ni una sola vez a los ojos.

Un pronunciamiento

Amaneció soleado y caluroso aquel día veintidós de junio de 1866. Desde temprano, el panadero trajo nuevas alarmantes: apenas había podido llegar desde la travesía del Horno de la Mata, empezaban a montarse barricadas en algunas calles como la de Preciados y la de la Luna y se decía que había pronunciamiento. Habían sido los artilleros del cuartel de San Gil.

A lo largo de la mañana fueron llegando más noticias del mismo jaez. A Isabel la puso al corriente Florencia mientras la vestía, y la señora tomó la providencia de prohibir a la servidumbre que saliese a la calle. La cosa estaba fea y empezaban a oírse disparos de fusilería a lo lejos, no se sabía bien dónde; luego se perfilaron hacia la Puerta del Sol. A los tiros siguieron los cañonazos, que parecían venir de la cuesta de Santo Domingo. Isabel estaba aterrada: parecíale signo de mal augurio que su estado de buena esperanza comenzase con una revolución. Sin saber por qué, le vino a la cabeza el cuadro de la dama antigua y la mano sin dueño posándose en el hombro de la mujer retratada.

Álvaro se había encerrado en su gabinete, diciendo que tenía que escribir una carta, y llevaba lo menos dos horas allí. Isabel paseaba nerviosa por toda la casa, daba órdenes contradictorias al servicio, mientras los tiros se oían cada vez más cerca. Decían que había una barricada en la calle de la Luna: Julián, el mayordomo, había podido verla por el peligroso expediente de subirse al tejado. De pronto, se oyó un estruendo como si el cielo se viniese encima de Madrid, temblaron los vidrios de las ventanas y los cristalitos de las arañas del salón empezaron a chocar los unos contra los otros, con un sonido que sacaba de quicio a Isabel. Al parecer, había sido un cañonazo cercano. Casi simultáneamente comenzaron a bajar los de la barricada recién deshecha por la calle de la Madera, en desorden y disparando tiros contra quienes los perseguían, aunque la mayor parte de los disparos iban al aire, dado lo precipitado de la huida. Bajaban los insurrectos por la calle del Pez cuando se oyó el inconfundible sonido de un disparo, éste dentro de la casa. El ruido había salido del gabinete de Álvaro.

Una escena desgarradora

Isabel sintió en aquel momento una impresión rara, como si las entrañas le hubieran dado un salto, y corrió como loca hacia el gabinete, pensando sin ton ni son en la mano blanca posada en el hombro de la mujer del retrato: aquella mano que desde el primer día le había parecido como un mal augurio.

Tanto corrió que llegó la primera al gabinete, antes que los criados que, al ruido, acudieron también prestos. Al entrar en el cuarto le dio en la nariz el olor inconfundible de la pólvora y vio a Álvaro en el suelo, todavía con la pistola en la mano y un papel en la otra. Sin pensar lo que hacía, con un gesto mecánico y decidido, se inclinó sobre su esposo dando gritos, al tiempo que guardaba precipitadamente la pistola y el papel en la faltriquera de

157

su bata de casa. A través de la tela, sintió sobre la piel del vientre el calor del arma recién usada.

Cuando llegaron los criados no vieron sino a la señora de la casa estrechando el cuerpo de su marido, manchada de sangre y con la desesperación pintada en el rostro bañado en lágrimas. Allí fueron los gritos, las carreras, el ir y venir, el salir los hombres desafiando la revuelta callejera en busca de un médico que todos sabían inútil, las criadas que forcejean con la señora para separarla del cuerpo abrazado, Isabel que grita y se resiste pero al fin se desmaya y es conducida por Florencia y una de las doncellas a su dormitorio, donde la dejan tendida en la cama. La señora reacciona a la enérgica utilización de sales y aspersiones de agua fría sobre el rostro, despierta abatida y pide a las criadas que la dejen sola, ellas se resisten, Isabel finge desfallecer del susto y quedarse dormida y al fin salen las mozas del cuarto creyendo tranquila a su señora, mientras en la parte noble de la casa se siguen oyendo el revuelo y el griterío por la desgracia reciente.

Isabel se queda sola

Tan pronto como hubieron salido las criadas, Isabel se puso en pie de un salto y se miró al espejo. Vio en él una mujer con el cabello revuelto, el rostro marcado de lágrimas y las manos y el vestido llenos de sangre seca, una mujer que no parecía ella. Álvaro había muerto, lo sabía ella bien; el doctor tan afanosamente buscado no serviría de nada. Álvaro estaba muerto en su gabinete y ella no sabía por qué, pero tal vez aquel papel se lo diría.

Con una serenidad que a ella misma la asustaba porque le parecía imposible no sentir nada en aquel momento, Isabel rebuscó en el armario en pos de un escondite para la pistola; lo encontró en el fondo de una sombrerera en la que solía echar los sombreros y guantes viejos. Luego se sentó en la cama, abrió con parsimonia el papel manchado de sangre, que estaba doblado en cuatro, y lo leyó; a medida que leía, a saltos, precipitadamente, yendo de una línea a otra, el corazón se le desbocaba en el pecho: «he de pedirte perdón... pecado de juventud nunca confesado... apenas era un niño... amable criadita... la muerte de mi padre... y marché sin saber las consecuencias de aquellos encuentros... sólo años después... pero Paquita nunca confesó quién era el padre... amables y bondadosos... me entregaron a su hija sin saber... el pecado más nefando, el crimen más horroroso... saber que nacerá un hijo mío... relación monstruosa y contra natura... mejor que no conozca a su padre... pérdoname de nuevo... Dios sabrá perdonarme... te he amado, dulce esposa mía, si es que así me es dado llamarte».

Cuando acabó la lectura se sintió vacía y como seca. Luego soltó una carcajada, una carcajada horrorosa que hizo acudir a las criadas creyendo que su ama se había vuelto loca. Era que había pensado una cosa inverosímil, una cosa increíble y sin embargo cierta: aquel niño abandonado, aquel fruto prohibido de los amores de su esposo, aquella criatura por quien había sentido piedad y a la cual había imaginado adoptar, por cruel ironía del destino, era... ella misma.

Dos noticias

Al día siguiente, todo el barrio sabía las dos noticias: una, que el pronunciamiento de los artilleros de San Gil había sido sofocado y los responsables encarcelados en espera de que se les hiciese juicio sumarísimo. Otra, que don Álvaro Mendoza había muerto por causa de una bala perdida de los insurrectos, que había entrado desdichadamente por el balcón del gabinete, abierto a causa del mucho calor del día. La desastrada muerte de Álvaro Mendoza fue tan comentada en el barrio como la entereza de su desconsolada viuda, que quedaba encinta de dos meses. El barrio entero, compadecido, acudió a la casa mortuoria a dar la condolencia a la desdichada Isabelita. Don Federico echó el cierre de la tienda y así El Indio guardó luto de una semana por la defunción de Álvaro. Doña Leonor estaba desolada: más que a un hijo lo había querido. Isabel había caído en una suerte de estupor que semejaba impasibilidad o resignación.

Pasadas las primeras semanas, Isabel salió de su estupor para arreglar la herencia de su marido, que resultó no ser tan pingüe como se había supuesto: Álvaro estaba metido en negocios complicados, que ni su viuda ni los desolados chocolateros pudieron desentrañar del todo, y a última hora todo eran acreedores y deudas. Isabel despidió a la servidumbre, liquidó los bienes muebles y puso en venta la casa, que acabó comprando a buen precio un familiar de don Jacinto Ortiz de Gangoitia y Zárate, quien de amigo y privado de la casa pasó a acreedor como por arte de magia. Isabel, aburrida de regateos y ofertas que no entendía, se dio prisa en liquidar todo al precio que fuera y se trasladó, con su estado de buena esperanza ya notorio, a la casa de sus padres en la calle de la Luna.

Una sola cosa quiso llevarse de su antigua casa, para extrañeza de todos: fue aquel cuadro que en su primera visita le había parecido tan feo, el de la dama antigua vestida de verde oscuro, con una siniestra mano sin dueño posada en su hombro.

Final

Te preguntarás, curioso lector, qué ha sido al cabo de los años de los protagonistas de esta historia. Bástete saber que Isabel dio a luz puntualmente siete meses después, sin que hubiera sido suficiente el sobresalto de la desastrada muerte de su esposo para malograr el fruto de su matrimonio. Le impusieron en la pila de bautismo el nombre de José Álvaro, en memoria de su padre y de su abuelo, o tal vez de su abuelo y de su bisabuelo. Don Federico murió años después, siendo su nieto Josefito de cuatro o cinco años; fue su muerte muy sentida en el barrio, pues hasta el último día estuvo al frente del negocio, despachando onzas y libras con la misma gracia de siempre. Siguióle a la tumba doña Leonor al cabo de pocos meses, como no podía esperarse menos de tan fiel esposa. Quedó Isabel al frente del negocio y púsose en el despacho, mientras en el obrador seguía el inmortal Viruelas, bien que ayudado por un aprendiz. De Paquita no volvió a saberse, aunque cuentan las crónicas que murió de sobreparto sin llegar a conocer el fin de Álvaro Mendoza y la disolución de su hacienda.

Han pasado muchos años desde entonces. Isabel sigue atendiendo al mostrador de chocolates con la prestancia de una gran dama. José Álvaro es un apuesto muchacho de dieciséis años. Todos dicen que es idéntico a su madre en rostro, porte y distinción. Pero quienes conocieron a Álvaro Mendoza aseguran que es el vivo retrato de su padre.

IV. LOS OJOS MALOS

Como todas las mañanas soleadas, ya estaba allí el
rayo de luz que se colaba por las rendijas de las contraventanas, proyectando sobre el techo del dormitorio un
haz en el que se repetían, diminutos y al revés, los coches que pasaban por la calle. Era cosa de un momento:
el rayo, aparentemente estático, se veía sincopado por
las sombras de los viandantes –que circulaban incomple-
tos y cabeza abajo por el techo– y, de vez en cuando, por
el brillo de colores de una carrocería que se deslizaba
desde el fondo de la habitación hacia el balcón cerrado,
emergiendo de la penumbra y sumergiéndose en el bullicio de la adivinada calle como la aleta dorsal de un pez.
Nunca llegaban a verse del todo ni los cuerpos ni las ca-
rrocerías, sólo se oían las voces o el ruido sordo de los
motores en marcha, mientras se percibía apenas la efímera imagen invertida de su movimiento. A veces dudaba de si veía realmente esas imágenes animadas o sólo
las imaginaba. Pero no: estaban ahí, eran reales, porque
ni el más loco esfuerzo de la imaginación hubiera podido
inventarlas.

Ese rayo de luz, reflejándose en el techo, irisaba también la colcha de seda verde con flores amarillas, unas

163

flores perdidas en el laberinto de ramas adamascadas. En la penumbra apenas se distinguían las flores, es verdad: su amarillo jalde hubiera podido tomarse por otro tono de verde. Y más abajo, a los pies de la cama, de las patas torneadas de madera de castaño se elevaban dos volutas absurdas que así, recortadas en la semioscuridad, parecían dos serpientes simétricas danzando ante dos encantadores invisibles, que las fascinaban con el sonido de sus flautas. El cabezal, en cambio, estaba coronado con un adorno macizo y también torneado que sin duda quería representar un motivo floral, pero que no dejaba de parecer una máscara grotesca que reía con la boca y lloraba con los ojos.

Oía también el bullicio de la calle, las palabras cruzadas de una conversación entre vecinas que venían de la compra, el trajín de la descarga del camión del matadero o del motocarro del pan: todo tan distorsionado y tan irreal como el juego de luces y sombras del techo; luces y voces en la misma confusión.

Antes de que se hiciera la luz —o sea, de que Mamá acudiese a abrir las contraventanas y a invadir con un chorro de sol la habitación oscura— un sonido diáfano comenzó a destacar sobre los otros: venía de la cocina y era el negrito de la radio, que avanzaba decidido por el pasillo hasta la alcoba entonando cada vez más fuerte su canción:

> Yo soy aquel negrito
> del África tropical
> que cultivando cantaba
> la canción del Cola-Cao:
> «Es el Cola-Cao desayuno y merienda;

es el Cola-Cao desayuno y merienda ideal.
Cola-Cao,
Cola-Caoooooooooo.»

A la voz del negrito cantor, que —sin duda explotado por crueles negreros— aún tenía ánimos como para cantar la canción del Cola-Cao, venía a unirse la voz más libre y blanca de Mamá, que marchaba por el pasillo entonando la moraleja:

Lo toma el futbolista para entrar goles,
también lo toman los buenos nadadores.
Si lo toma el ciclista,
se hace el amo de la pista.
Y si es el boxeador (pum, pum)
boxea que es un primor.

—«Cola-Cao» —gritaba Mamá por el pasillo.
—«Cola-Cao» —respondía desde la cama.
—«Cola-Caoooo» —ponía el colofón el negrito.
Y así eran todas las mañanas de aquella infancia todavía sin escuela y sin hermanos, infancia de hija única —mimadita, decían las vecinas malévolas, incapaces de entonar la canción del Cola-Cao, porque ése es un don que se niega a los malvados—: la Corredera Baja filtrándose por las contraventanas en un revoltillo de luces, sombras y sonidos y el negrito que, más eficaz que el ruidoso reloj de cuco del abuelo, marcaba las nueve y media con su canto de nadadores campeones y boxeadores primorosos. Entonces era cuando se abría la puerta e irrumpía en el cuarto Mamá, arreglada y oliendo a colonia —una vaharada de lavanda inglesa de Gal acompa-

ñaba siempre el primer beso matinal– y abría las contraventanas del balcón dejando entrar de golpe la luz de la
mañana.

Las cosas recobraban su volumen habitual, o sea, la
forma tridimensional que solían tener durante el día.
Porque por la noche –lo sabía bien– y en esas primeras
horas de penumbra las cosas no eran tridimensionales,
sino planas, y no tenían color, sino que se limitaban a recortarse como una sombra negra sobre el fondo algo
más claro de las paredes.

Por ejemplo, allí estaba la cómoda: una terrible panza
le había crecido a la altura de los cajones donde Mamá
guardaba los pañuelos, los manteles y las sábanas buenas; la cómoda mantendría durante toda la jornada esa
horrible silueta panzuda, pero al llegar la hora de dormir
y apagarse la luz de la alcoba y quedar sólo la lamparita
de noche cubierta con un tapete, la cómoda adquiriría
una elegante silueta parecida a una pagoda china y en su
espejo de luna –en el que ahora se repetía zafiamente
toda la habitación– se acomodaría selectivamente sólo
una pequeña lucecita, gemela de la de la mesilla.

Era la hora de levantarse, de colocar el pie desnudo
sobre la baldosa fría esgrafiada con cenefas verde hoja
sobre fondo color vainilla; tenía que hacerlo siempre a
escondidas, sin que lo viera Mamá, porque Mamá estaba
convencida de que poner un pie en el suelo traía siempre
la indefectible consecuencia de unas anginas y nada ni
nadie pudo convencerla jamás de que las anginas venían
solas, a su libre arbitrio, sin tener nada que ver con andar descalza, con mojarse las trenzas, con sentarse en
medio de una corriente de aire o con comer helados después de haber corrido. Las anginas aparecían siempre,

insidiosas, en el momento más inesperado y sin que nunca hubiera hecho antes ninguna de las cosas prohibidas porque, según Mamá, daban anginas: en un momento indeterminado y por sorpresa, al tragar sentía la punzada de una aguja de dolor en el fondo de la boca, en un lugar cercano al oído, y de repente cobraba conciencia de tener boca y lengua y garganta (cosas que hasta aquel momento había olvidado) y probaba a tragar y tragar con la esperanza de que la aguja dolorosa desapareciese en uno de aquellos gestos, como si la hubiese deglutido; pero era al revés: la aguja se hacía cada vez más grande y más dolorosa, llegaba a ocupar la garganta entera, claveteada como un alfiletero, y al poco rato las sienes comenzaban a arder y la cabeza se cargaba de un sopor maligno. Entonces Mamá se daba cuenta, palpaba las sienes ardientes, corría a por el termómetro, leía disgustada una cifra superior a treinta y ocho grados y comenzaba a desnudar a la enferma con un gesto de contrariedad, mientras buscaba en su memoria la transgresión cometida, el pecado que había merecido el castigo de unas anginas. «Ya está», dictaminaba. «Ayer estuviste en el balcón y no te pusiste la chaqueta.» Y era inútil: nadie podría convencerla de que las anginas se regían por sus propias leyes, unas leyes no conocidas por los humanos, y que por tanto era imposible que los simples mortales trataran de conjurarlas evitando una serie de gestos y de actos, porque ellas siempre sabían más que nosotros y se presentaban cuando, en su infinita sabiduría morbosa, lo consideraban oportuno.

Así que el gesto de poner la planta del pie en el agradable frescor del suelo tenía siempre un carácter furtivo y constituía el primer acto prohibido de la jornada. Apenas las baldosas habían comunicado a las plantas su frescor, enfundaba los pies en las zapatillas de fieltro como si no hubiera pasado nada, como si la transgresión no se hubiera producido. Sobre el colchón de lana quedaba la huella cálida del cuerpo, una huella que se enfriaba y se desdibujaba en pocos minutos.

Tenía entonces que recorrer el largo pasillo cuyas baldosas mal encajadas y flojas tintineaban como las teclas de un xilófono: clin, clan, clin, clan, clan, clin, sonaba bajo los pasos afelpados camino del cuarto de aseo. Y, una vez allí, subía al taburete preparado por Mamá ante el lavabo, veía la cara soñolienta y la cabeza despeinada en el espejo cuadrangular que por uno de sus ángulos comenzaba a perder parte de su azogue, formando una constelación de pecas rojizas que con los años se fue extendiendo como un cáncer y dejando el amado espejo reducido a una inquietante lámina turbia. Mamá colocaba el tapón del lavabo, vertía agua con el jarro de porcelana, hacía espuma con la pastilla de jabón de glicerina y procedía a un tormentoso lavado de cara, cuello, manos y orejas que era el peor momento de la mañana. Pero todo tenía su premio: acabado el fregoteo, Mamá tiraba de la cadenilla del tapón y el agua jabonosa se vertía caño abajo, cayendo en un chorro musical dentro del balde colocado bajo el lavabo, un balde maravilloso, de porcelana blanca y asa de alambre con agarrador de madera, un balde que tenía una tapa agujereada por cuyo orificio venía a colarse, con precisión admirable, el chorro de agua procedente del caño del lavabo.

El negrito hacía tiempo que había terminado su canción; incluso había hecho un bis al final del programa patrocinado por sus negreros. Ahora Radio Intercontinental atronaba la cocina presentando a José Luis y su Guitarra, bien trufado de publicidad lírica:

–¿Por qué estás triste, Pilar?
¿Por qué tanto palideces
y te das tanto a pensar,
que estás pálida y no creces
y no dejas de llorar?
Tu pena me desanima
y me hace enloquecer.
–Mamá, es que quiero coser
en una máquina Sigma.

El gran vaso de café con leche –así lo llamaba, aunque era un mar de leche oscurecido por una gotita de café– y las pastas campurrianas del desayuno estaban ya preparados sobre el hule de cuadros de la mesa de la cocina. Las pastas campurrianas, también obsesivamente anunciadas por Radio Intercontinental, debían tan curioso nombre seguramente a proceder de Aguilar de Campoo, pero ese nombre caprichoso las convertía –más que su agradable sabor de harina tostada, más que su crujiente textura– en un manjar tan apetecible que toda la familia había llegado a aborrecerlo por repetición. Exigía pastas campurrianas en el desayuno, en la merienda, con el odiado vaso de leche tibia que ponía colofón a la cena. Papá y Mamá sucumbían a la tentación de probarlas también en cada una de esas ocasiones, para acabar indefectiblemente concluyendo que las habían aborrecido de tanto tomarlas a todas horas, mientras por la radio volvía a emitirse un reclamo publicitario para que volvieran a comprarlas.

Mamá revolvía entre los fogones, tratando de avivar el rescoldo con papeles y astillas sobre un lecho de cisco recién sacado de la carbonera. Era una tarea que se le daba mal y siempre la ponía de mal humor, por eso más valía deslizarse casi sin ruido de la silla de madera de pino, poner en el suelo los pies calzados con zapatillas de paño y desandar el largo pasillo musical −clin, clan, clin, clan− hasta el comedor en el que entraba ya, violentamente, una escuadra de sol por el balcón abierto.

Y allí, en el triángulo de luz que cortaba en diagonal el suelo embaldosado, bajo un sol de justicia poética propio de una mañana de mayo, junto al aparador de la abuela, estaba él, como tantas veces. No podía, sin embargo, dejar de sentir en su presencia siempre la misma sensación; por mucho que se repitiesen los encuentros −que por esta época eran casi cotidianos− sus efectos eran siempre los mismos: nada más verle, una parálisis de los miembros que comenzaba en un súbito salto del corazón −el corazón se quedaba suspenso un momento, y luego reanudaba a trompicones su ritmo−, un hormigueo que naciendo del centro del pecho se extendía en oleadas hacia las muñecas, un ligero temblor de piernas y la convicción de que nunca podría hablarle con fluidez y naturalidad, porque la lengua se había vuelto un haz de estopa torpe y gruesa en el interior de la boca. Eran, en fin, los síntomas de la enfermedad de amor.

Era él, sí, era él, como cada mañana. Aparecía súbitamente en los lugares más inesperados. A veces había que ir a buscarle, pero otras emergía de la penumbra de un cuarto cerrado o de la profundidad de un armario, se materializaba en la cocina o, como ahora, en el marco deslumbrante del balcón del comedor. No vestía hoy su habitual y elegante hopa de cruzado de los domingos, sino un caprichoso traje de diario: las robustas piernas desnudas se medio cubrían con unas cáligas ajustadas, en el más puro estilo romano, como las falditas de cuero tachonadas de grandes clavos; sobre la faldita, se abría el ancho torso enfundado en cota de malla −una loriga algo incongruente con las faldas de romano− sobre la que destacaba, glorioso, el escudo de las cuatro barras. De sus hombros colgaba, como siempre, una capa roja agitada por el viento, y el mismo viento del comedor en calma deshilachaba en guedejas su melena color ala de cuervo. Estaba hermosísimo.

−¡Oh! Sois vos, Capitán Trueno −articuló al fin una voz temblorosa por la emoción.

−Oh, bella dama, os esperaba.

Su voz tenía un metal varonil y profundo; el Capitán Trueno ofrecía ya su brazo musculoso y curtido, deseable, como apoyo galante a una bella dama infantil medio desfallecida por la emoción. Las manos nervudas −diestras con la espada, fuertes con el mangual− parecían más que nunca prestas a la caricia o apetecibles para ser acariciadas.

Con este atuendo, el Capitán Trueno tenía un vago parecido con San Martín, el santo que presidía el altar mayor de la parroquia: la misma prestancia musculosa y nervuda, sin adarme de grasa; la misma capa roja y la misma espada reluciente, y hasta las mismas falditas de romano. También la misma tendencia a hacer bien a pobres y desvalidos, aun a costa de poner en peligro la propia vida y −lo que es peor− la propia dignidad y el propio orgullo. Cuando los domingos, en lo alto del altar mayor, la figura barroca de San Martín se inclinaba desde su caballo hacia el pobre vestido de saco, con el que compartía una amplia capa de grana improvisadamente partida en dos con su espada de centurión, era imposible no evocar otros gestos similares del Capitán Trueno. Sólo que el caballero laico aventajaba al santo en la proliferación de buenas obras –que salpicaban las páginas de *Pulgarcito* todos los domingos del año– y en su carácter más rotundamente altruista y generoso. San Martín acudía a la necesidad del pobre estropeando antieconómicamente su propia capa –magnífica prenda de centurión presumido, de miles gloriosus– para dar al menesteroso poco más que un pingajo inservible. El Capitán Trueno, en ocasión semejante, hubiera descolgado de sus hombros la capa y la hubiera entregado, enterita y sin un remiendo, al pedigüeño. Las calles de Tours hubieran visto entonces el insólito espectáculo de un miserable mugriento vestido de estameña y envuelto en grana, acariciado por una prenda que, de no ser por la generosidad de su benefactor, nunca hubiera soñado tener sobre sus hombros.

El Capitán Trueno era magnánimo, generoso y ajeno al rencor. Lo demostró palmariamente cuando fue prendido en traidora emboscada por Lord Badminton, el malvado gobernador del condado de Westborne: caído en la trampa que se abrió a los pies de su caballo, paseado ignominiosamente por la ciudad de Windale en una jaula ante la rechifla del populacho, cruelmente atormentado en las mazmorras del castillo por el propio Lord Badminton en persona, que se regodeaba en su sufrimiento, sólo pudo escapar de la muerte gracias a una ingeniosa estratagema de sus inseparables compañeros Goliat y Crispín, que habían quedado milagrosamente en libertad. El Capitán Trueno deliró durante días por causa de la fiebre y el dolor de sus heridas; terribles pesadillas atormentaban su cerebro mientras Sigrid, desesperada, pasaba las noches en vela enjugando el sudor de su frente y mojándole los labios enfebrecidos con gotas de agua fresca.

Pues bien, cuando el Capitán estuvo restablecido, y el propio Ricardo Corazón de León venció y prendió al malvado Lord Badminton, entregándolo como prisionero al Capitán, el héroe mostró a las claras la nobleza de su corazón: descendió a las lóbregas mazmorras donde él mismo padeció un día y, lejos de atormentar a placer a su prisionero, mandó que calmasen su sed con un jarro de agua y su hambre con un pedazo de pan negro —«Comeréis lo que comen los campesinos a los que oprimíais con diezmos, maquilas y pontazgos», puntualizó— y lo mandó confinar a la isla desierta de Yorknire, en el lago de Swain, donde a partir de entonces el malvado y sanguinario gobernador hubo de ganarse la vida labrando un pequeño campo y ordeñando unas pocas ovejas. A Lady Clara, la hija de Lord Badminton —doncella de dieciséis años que, naturalmente, se había enamorado de él al apiadarse de sus heroicos sufrimientos en el potro de tortura—, el Capitán la dotó espléndidamente y la casó con un valeroso conde de la corte de Ricardo Corazón de León. Luego partió con sus compañeros rumbo a la isla de Thule, dejando gratamente impresionado al monarca inglés y algo empañados los ojos de Lady Clara.

Era ése el destino de todas las doncellas: enamorarse de aquel hombre magnífico, desprendido y caballeroso, valiente y cuatribarrado como un San Jorge. Pero, para desgracia de todas las doncellas del mundo, el Capitán tenía una virtud que, según como se mirase, resultaba un defecto imperdonable: era fiel a su amada Sigrid, la princesa vikinga de larga cabellera amarilla y seductoras túnicas rosadas o azul cielo. Era Sigrid, aquella envarada mujer que apenas intervenía en ninguna peligrosa aventura –salvo para ser raptada y rescatada de vez en cuando–, quien recogía las mieles al final de cada episodio: ora contemplaba el atardecer sobre el mar cálidamente envuelta en los deseables brazos del héroe, ora emprendía con él una travesía de ensueño en una nao que ponía proa a la isla de Thule, ora organizaba en su castillo una animada fiesta de agasajo a su amado y a sus inseparables compañeros; una fiesta que los lectores –exiliados en el exterior del castillo, abandonados en plena noche bajo una luna llena emborronada de nubes– sólo conocían desde lejos: se veían las luces encendidas en el interior de la fortaleza y sobre el cielo se recortaba la sonora carcajada de Goliat.

Goliat irrumpió repentinamente –burdo y bonachón como siempre– en el comedor soleado. Le seguía, por desgracia, el empalagoso Crispín, vestido con su saya farpada color terracota, las piernas adolescentes enfundadas en medias de seda y recién peinada la amanerada melenita rubia, que parecía de niña. La afición del Capitán Trueno a ir siempre acompañado de los que él llamaba «mis inseparables amigos» –e inseparables eran, en verdad– resultaba especialmente enojosa en circunstancias como ésta, en que Mamá estaba en la cocina, Sigrid descansaba en Thule y la mañana primaveral invitaba a un íntimo paseo por el bosque: sólo había que desarrendar los caballos ocultos en un rincón del recibidor, junto a la mesita del teléfono –un brioso corcel negro como el azabache, un magnífico palafrén blanco como la nieve–, montar airosamente apoyándose en el estribo con un gesto fácil y emboscarse al paso por el intrincado sendero que llevaba al corazón del bosque, justo al pie de aquella fuente sin nombre que manaba eternamente sobre un pilón verdinoso. Pero había que ir siempre con Goliat, que con sus chanzas continuas y sus carcajadas de gigante no dejaba oír el canto de los pájaros ni el crujir de las ramas bajo los cascos de los caballos; y, lo que era peor, había que cargar con un Crispín adolescente, enamoradizo y levemente rijoso, que se arrimaba demasiado y aturdía con una charla insulsa eclipsando las siempre seductoras palabras del Capitán.

Ni siquiera la cabalgada al galope por el valle verde que se abría al otro lado del bosque sirvió para despistar a los dos acompañantes: Goliat, tuerto, gordo y ridículo con su camiseta a grandes rayas, era empero un consumado jinete. Crispín hacía lo que podía y, pese a que con su torpeza un tanto atolondrada solía quedarse a la zaga, acababa siempre por alcanzar a sus compañeros, aunque fuera a trompicones.

Así que sólo quedaba una posibilidad de estar a solas con el Capitán: proponerle, con todo el terror del mundo, visitar los Ojos Malos. En tan peligrosa aventura, el Capitán siempre decía a sus amigos: «Esperadme aquí y guardad nuestra retirada», y los dejaba a la boca de la cueva oscura, introduciéndose en el peligroso recinto en unión de su guía y acompañante.

La entrada al recinto de los Ojos Malos estaba impregnada de un característico olor a moho y salitre, como el de algunos pasadizos subterráneos. Enormes estalactitas blancas formaban un bosque de columnas que el Capitán sorteaba con precisión, pese a estar a oscuras; pero una extraña luz como lunar iluminaba las formas fantásticas, de las que destilaban frías gotas de agua. El laberinto se estrechaba en una especie de garganta que, salvada, daba directamente acceso a la Habitación Grande, el trastero contiguo a la cocina donde Mamá solía guardar las cosas viejas. El ambiente húmedo de la cueva daba paso a este otro, también oscuro pero polvoriento. Había un gran baúl de madera lleno hasta los topes de libros viejos y revistas con grabados modernistas; estaba la vieja nevera de hielo del abuelo y un armario de luna con la luna rota, repleto de fantásticos trajes de Mamá: aquel de seda azul con florecitas amarillas, o la torera de terciopelo negro ideal para combinar con unos zapatos de ante, deslucidos pero aún lujosos. En el fondo más proceloso de la Habitación Grande, junto a la lámpara de araña rota cuyas lágrimas de cristal se derramaban por el suelo, entre un orejero de cretona reventado y la sombra fantasmal del perchero, estaba la mesa de los Ojos Malos.

La había descubierto en una tarde de tormenta, el verano anterior. Una de esas tardes en que un vapor bochornoso parece elevarse del asfalto mientras el cielo va poniéndose blanco, y luego gris y luego plomizo y por fin casi negro, hasta que revienta en un trueno y comienzan a aparecer aquí y allá, muy separados, unos goterones que más que caer estallan en el suelo y hacen daño cuando dan sobre la piel. La madera de las vigas, de las contraventanas, de los balcones, de la galería encristalada del patio de luces había empezado a oler a humedad y a ozono, como en cada tormenta; y sabía que muy pronto el cielo iba a volcarse en una pedregada que dejaría el suelo blanco durante mucho tiempo después de la tormenta. Y allí, con la música a la par inquietante y excitante de los truenos, iluminados a ratos por la ráfaga de un relámpago o sumergidos momentáneamente en un fragmento de arco iris −un arco iris que verían sólo los que estuvieran muy lejos de allí, sin caer en la cuenta de que bajo el velo de aquellos siete colores se movían otros seres humanos, inmersos en una luz fantástica−, Papá y Mamá contemplaban el espectáculo desde el seguro refugio del comedor, con el balcón bien cerrado y las persianas subidas. Papá le pasaba la mano por la cintura a Mamá y ella sujetaba con la derecha el visillo de organdí, alzándolo un poco para ver mejor.

En la Habitación Grande apenas se percibía el repique furioso, atronador, del granizo chocando contra todas partes. Apenas un trueno que parecía lejano, ni una luz de relámpago. Tumbada boca arriba en el suelo de aquella cápsula de silencio, sobre una vieja alfombra de la abuela, recorría con la mirada los accidentes del techo: la bombilla polvorienta, pendiendo de un cable de algodón retorcido; las grietas y abombaduras del cielo raso; una tela de araña en un rincón; restos de policromía en un techo que debió de estar en tiempos decorado al estuco. Y, más cerca, el entramado del somier roto, la arpillera inferior del sillón desfondado, por la que asomaba un muelle rebelde. Y entonces fue el horror: los ojos se posaron en otros ojos, unos ojos que miraban con fuerza y decisión, que no quitaban la vista de encima por mucho que uno quisiese mirar para otro lado. Era el envés del tablero de la mesita auxiliar bajo la cual estaba justamente tumbada: el tablero tenía ojos que miraban, ojos obsesivos cuya luz esclarecía apenas la penumbra del cuarto, unos ojos condenados sin duda a mirar siempre al suelo desde la parte inferior del tablero de aquella mesa y que aprovechaban para ensañarse en una mirada sin piedad, ahora que podían fijarse por fin en un rostro humano. El corazón empezó a desbocarse en unos latidos desacompasados que parecían alojarse directamente en la garganta, en algún lugar situado bajo la lengua. Entonces, empezaron a salir las cucarachas: salían de todos los resquicios de los muebles, trepaban por el techo y las paredes, eran cientos, miles de cucarachas que invadían ya la alfombra vieja, que amenazaban con sus antenas quebradizas y con sus patas frágiles, que hacían crujir los élitros como si a todas las estuviesen pisando a la vez. Y luego corría, corría por el pasillo, desbocada de terror, mientras Mamá acudía consoladora preguntando si tenía miedo de la tormenta. Pero no: tenía miedo de aquellos ojos. Y lo peor es que nadie quiso creer que la mesita auxiliar de caoba arrumbada en la Habitación Grande miraba desde la parte inferior de su tablero con unos ojos humanos. «No son ojos, hija mía: son los nudos de la madera», había dicho Mamá.

El Capitán Trueno sí que lo había creído, y además desde el primer día. Bastó describirle el brillo amenazador de aquella mirada para que supiera enseguida que se trataba de los Ojos Malos. Aunque no quiso explicarlo, parecía que fuesen algún antiguo enemigo suyo, un enemigo al que le hubiese costado mucho vencer. Acogió la petición de volver a visitar aquella mirada inquietante con cierto recelo: sin duda los Ojos Malos eran peligrosos. Pero el Capitán Trueno jamás se arredraba ante las dificultades y siempre se crecía en los peligros; por eso no tuvo inconveniente en atravesar el bosque de estalactitas de alabastro, introducirse en el ambiente cargado y polvoroso de la Habitación Grande y, tumbado boca arriba sobre la alfombra de la abuela, enfrentarse valerosamente a la mirada de los Ojos.

Lo que siguió no es para contarlo: una legión de cucarachas invadió el aire; el aire, sí, porque no se trataba esta vez de aquellas cucarachas negras que reptaban por los bordes de la habitación marcando su perímetro, las mismas que corrían despavoridas sobre el fogón de la cocina cuando, en plena noche, alguien desvelado y sediento encendía la luz: esta vez eran cucarachas voladoras, que desplegaban de debajo de los élitros unas alas membranosas; unos insectos de los que no se podía huir porque atacaban no sólo por tierra sino también por aire y se posaban, con un chasquido de grima, entre los cabellos o en la sección del cuello que deja apenas al descubierto el borde de la camisa. Hubo que salir huyendo bajo una lluvia de cucarachas, mientras los Ojos Malos, anclados en su mesita de caoba, parecían reír.

Aquel terror sólo tenía una ventaja: a la salida de la cueva, con el corazón batiendo en la boca y las piernas estremecidas por un escalofrío de asco, podía sentir el abrazo robusto y firme del Capitán Trueno, cuyo corazón también latía apresuradamente por causa del peligro pasado. Desde entonces, la visita a los Ojos Malos se convirtió en un ritual doloroso, en el único momento en que era posible la soledad con el Capitán: él nunca consentía que sus inseparables amigos se sometiesen a semejante riesgo.

Pero esta vez no hubo suerte: apenas entrados en la oscuridad de la Habitación Grande, sin haber tenido tiempo siquiera de tumbarse en la alfombra de la abuela para sostener la mirada a aquella mirada de horror (¿conseguirán nuestros amigos vencer a los Ojos Malos?),

Mamá empezó a llamar desde el pasillo, y hubo que salir a toda prisa sin pasar siquiera por la cueva de las estalactitas. El Capitán se desvaneció discretamente, justo al tiempo en que Mamá preguntaba, como siempre, qué hacías ahí tanto rato.

—Nada.

—¿A qué jugabas?

—A nada.

Mamá llevaba en una mano la bolsa de los recados, aquel capazo de recortes de cuero en el que parecía caber medio mercado de San Ildefonso; en la otra portaba los zapatitos blancos y la imprescindible chaqueta de punto, coraza infalible contra las anginas que acechaban en la calle, porque era primavera y todavía hacía fresco a aquellas horas. Hubo que ponerse los zapatos y la chaqueta, bajar las escaleras con cuidadito, agarrándose bien al pasamanos de hierro negro, mientras Mamá se detenía cerrando la puerta enorme con el llavín. Abajo, se la sentía rebullir, estaba la Ramona; apaleaba los escalones desgastados con la escoba, resoplaba y pegaba ahora a la barandilla con los zorros como si en vez de quitar el polvo la sometiese a una pena de azotes, tosía ostentosamente, suspiraba. En una palabra, la Ramona fingía trajinar como siempre que pretendía hacerse la encontradiza con alguno de los vecinos, y eso era indicio de que tenía que dar una noticia importante. Por ejemplo, que mañana vienen los fumistas —magníficos operarios renegridos, sacados de una estampa infernal, a los que además de la paga se obsequiaba tradicionalmente con un puro como óbolo debido a su oficio de cenizas y hollín—; o tal vez que hoy pasará el del contador de la luz, o que la vecina de abajo se quejó de que le habían desteñido una camisa en el tendedero, o que habían caído unas bragas sin dueño en el suelo del patio de luces, unas bragas fugitivas accidentalmente desprendidas de las pinzas que las sostenían al tendal.

Al llegar al pie de la escalera, la Ramona había apalancado la escoba en el zócalo del portal, los zorros yacían en el suelo como las tiras del pellejo de un animal muerto y ella se aplicaba a sacar brillo con sidol a la bola de latón que remataba la baranda. Al lado se veían el cubo de zinc lleno de agua jabonosa, el cepillo de raíces y la almohadilla para arrodillarse durante el fregado, lo cual constituía una insólita novedad: la Ramona se disponía a fregar la escalera.

La Ramona nunca fregaba la escalera. Para que se decidiese a raer los renegridos escalones de madera con el asperón y el estropajo, arrodillada sobre una almohadilla o un felpudo viejo —su culo monumental parecía un globo terráqueo enfundado en la red de paralelos y meridianos de una tela basta de cuadritos—, tenía que suceder un gran acontecimiento. La mayoría de los sucesos memorables que merecían un fregado de escalera estaban relacionados con el ciclo vital (bautizos, bodas, entierros) o religioso (primeras comuniones y extremaunciones). Según un curioso código protocolario, la Ramona no sólo consideraba indecoroso que la novia o la niña comulgante mancillaran sus blancas, vaporosas vestiduras de tul y organdí con la costra de suciedad de los escalones carcomidos, tampoco era admisible que los convidados al bautizo pudieran encontrar una mácula en un día tan festivo o que el sacerdote que venía a dar la extremaunción se llevase una impresión pésima del estado de los descansillos. Menos explicable era ese afán por fregar, frotar, pulir los escalones y hasta lustrar la barandilla y bruñir los dorados de las puertas cuando de la casa salía un entierro. Tal vez la Ramona pensaba que el muerto tenía el mismo derecho que la novia o el neófito a descender −o ser descendido− por una escalera limpia como los chorros del oro. O quizás, quién sabe, la Ramona se maliciaba que los dolientes que integraban el cortejo fúnebre podían, tras la cortina de sus lágrimas de dolor, entrever la suciedad de los escalones o el polvo de los tragaluces y pensar que esta portera era una guarra.

Sólo había otro gran acontecimiento doméstico que merecía un fregado de escalera a fondo. Cuando los vecinos veían que, sin que hubiese nacido ni muerto nadie en casa y sin que se anunciasen cambios de estado civil −bodas− o espiritual −comuniones−, la Ramona se entregaba a la azacanada tarea de la lejía, el asperón y el estropajo; cuando veían su culo oscilar −tentetieso gigante− en rítmicos meneos al son rasposo del cepillo de raíces; cuando la oían jarruchear con interminables cubos de agua en la fuentecilla de hierro del patio; cuando encontraban los escalones y el portal alfombrados de papel de periódico protector contra las pisadas sobre la madera húmeda, los vecinos preguntaban: «¿Qué? ¿Viene hoy el ministro?»

Porque a la casa venía un ministro.

El señorito Zambrana, el dentista del principal, merecía en el barrio el tratamiento de señorito no ya por su título de médico o por su conocido prestigio profesional, sino, sobre todo, porque le arreglaba la boca a un ministro amigo de su infancia. De vez en cuando, al ministro se le cariaba una muela. Y entonces había fiesta en el barrio: el ministro venía en su charolado coche oficial

–con chófer y todo– a las cinco y media en punto de la tarde. Uno o dos días antes empezaban los preparativos: «Que el ministro viene pasado mañana», dejaba caer discretamente la criada del principal (en el principal era en el único piso en que tenían criada y televisión, los dos máximos símbolos de estatus). Y la Ramona ponía en marcha toda su bamboleante actividad –cuando andaba deprisa tenía movimientos de gabarra sobrecargada– para fregar suelos, limpiar cristales, abrillantar cerrajes, levantar una polvareda inmensa sacudiendo con los zorros los marcos de las puertas y de las ventanas de la escalera. Llegaba por fin el gran día. Las vecinas se asomaban a los balcones y más de una hubiera querido adornar las barandillas de hierro con las banderas nacionales, las colgaduras y los mantones de manila que sólo se sacaban el día del Corpus y el 18 de julio. El suntuoso coche oficial, que parecía bruñido con betún de los zapatos, se detenía suavemente ante el portal. El chófer abría ceremoniosamente la portezuela; descendía el ministro –siempre vestido muy señor, según decían todas las porteras–, ponía los pies en la maltratada acera y hacía su entrada triunfal en la casa. La Ramona, ujier de emergencia, le abría la rechinante cancela de cristales con un respeto religioso e interesado y él subía con paso elástico y seguro al principal, para someterse a la tortura del torno, las tenazas y el botador. Al salir, con la boca dolorida pero siempre muy señor, dejaba en las manos de la solícita Ramona un billete de veinte duros y la Ramona sentía un poco de remordimiento al pensar que esta vez no había limpiado con el escobón los globos de la luz.

Así que la Ramona, entre suspiros de agobio e inusitado trabajo, le dio a Mamá la noticia: en efecto, al día siguiente venía el ministro, majestuoso y cariado, y ella tenía miedo de que para entonces no estuvieran suficientemente secos los tablones de pino desgastados de los escalones. Mamá acogió la noticia con aquel escepticismo que decepcionaba tanto al vecindario: «Pues muy bien, Ramona, que trabajes mucho», respondió en un tono que podía valer si hubiera dicho igualmente «Y a mí qué me cuentas». Y apresuró el paso hacia la calle porque cada minuto que pasaba contribuía a que las tiendas estuviesen un poco más llenas y luego era un auténtico suplicio guardar cola ante el mostrador mientras las parroquianas comentaban el serial de ayer tarde o los chistes de Gila.

Era muy difícil seguirla a aquel paso. Y más difícil aún sabiendo adónde llevaban, como primera providencia, sus rápidas pisadas: nada más y nada menos que al kiosko de la Casta, la vendedora de periódicos. La Casta era un ser maligno, tan maligno como los Ojos Malos. De hecho, el Capitán Trueno había encontrado su espantosa figura reproducida en un bestiario miniado, justo al lado del basilisco. Porque si el basilisco tenía la terrible cualidad de paralizar con la mirada, la Casta tenía una virtud muy parecida: con su mirada inquisitiva era capaz de dejar mudo a quien se hallase en su presencia. Imposible articular palabra, imposible incluso responder con un sí o con un no cuando la Casta, con la crueldad del gato que sabe que el ratón no ha de escapársele, preguntaba sabiendo que contestarle era empresa de titanes: «Y tú, guapa, ¿qué te cuentas?» Silencio, imposible articular un «Nada». «¿No me dices nada, eh?», insistía con sadismo despiadado (la lengua era ya un corcho en el interior de la boca seca). «Hija mía, qué antipática eres», dictaminaba al fin, satisfecha, mientras entregaba a Mamá el *Abc*. Resultaba asombroso que con Mamá no funcionase el hechizo: hablaba con la kioskera con fluidez, casi con verborrea (del tiempo, de las noticias del barrio, de la delicada salud de la madre de la vendedora) como si la Casta no fuera un basilisco.

La siguiente parada era en la tienda de Juanito, pero antes había que pasar cerca de la iglesia de San Martín. Mamá tenía prisa y no se acercó a la portada de piedra en la que un pobre cojo, siempre el mismo, pedía limosna por las mañanas. Otras veces entraba un momento −a rezar un padrenuestro, decía−, pero hoy había que conformarse con imaginar de lejos la vaharada de olor de iglesia que salía del atrio: un aroma mezcla de incienso quemado en la Exposición del Santísimo, agua bendita aceitada de santos óleos, palmas olorosas a paja fresca del Domingo de Ramos, romero y oliva, humillo de velas que iba ennegreciendo las peanas doradas de los santos. Bastaba pasar fugazmente ante la entrada de cualquier iglesia del barrio para percibir aquel olor, asociado al frescor, la oscuridad y el silencio relajantes como un sueño de opio. Dentro reinaba una paz absoluta, una placidez sembrada de calaveras olvidadas al pie de la cruz −«Llamaban a aquel monte Gólgota»−, de Cristos muertos y ensangrentados en sus urnas de cristal, de enlutadas dolorosas con el pecho atravesado de puñales y lágrimas de vidrio rodando por sus desencajados rostros, de santas irreconocibles portando palmas y bandejas en las que yacían sus pechos cercenados, sus ojos arrancados de las órbitas, su propia cabeza. Y en medio de aquella cámara de los horrores místicos, surgiendo de entre los purificadores gestos de dolor y agonía, rompiendo la monótona

sucesión de sufrimientos redentores −azotes, crucifixio-
nes, rosas que clavaban sus espinas en heridas incura-
bles, estigmas, ruedas hechas de cuchillos, fuego eterno
para las almas del infierno−, aparecían los acaramelados
tonos azul y rosa y los panes de oro de los ángeles custo-
dios prerrafaelistas, de las vírgenes de estampita, de los
niños Jesús de bucles rubios cogidos de la mano de su
mamá. Y las suntuosas galas imperiales de aquellas vírgenes entronizadas como reinas: trono de plata en pedestal
de plata, con zapatos de plata y coronas de plata y hasta
cetros de plata, ajorcas de oro, pendientes de oro, arraca-
das de oro, cadenas de oro y pectorales de oro, y manti-
llas de blonda blanca que les daban el aspecto de novias
reales, y mantos de púrpura, mantos recamados, mantos
de damasco, suntuosos mantos de terciopelo bordados
con hilos de plata sobredorada, esplendorosos mantos
cubiertos de un denso rocío de aljófares. Toda una sucesión de historias fascinantes que abarcaban desde la an-
gustiosa agonía del Cristo del Último Suspiro hasta la
cursilería ramplona de los santos niños Justo y Pastor
vestidos con hopalandas rosa; desde la deslumbrante
magnificencia del trono de la Virgen de la Merced −re-
dentora de cautivos, en su mano derecha la cadena y la
balanza− hasta la sordidez de un San Roque al que un
perro sarnoso lamía las llagas purulentas; desde el insufrible tormento de las ánimas del Purgatorio hasta el
juego infantil del niño Jesús y el San Juanito que posaban con un cordero y una banderola, como si esperasen
que alguien les hiciera una foto. Esas figuras variadas y
sobrecogedoras salían al encuentro en los recodos de
unos altares laterales en penumbra, entre susurros de re-
zos y olor a velas y a incienso, alguna vez a flores frescas.

Un vaho ascendía de los lampadarios y ondulaba —calima en un ambiente fresco de cueva— los rostros de los santos, el pan de oro de las columnas salomónicas del retablo. La Virgen de Lourdes miraba con expresión arrobada un cielo imposible en su gruta de escayola y San Rafael le señalaba el camino al joven Tobías —botas de caminante, calabaza y bordón de peregrino, gran trucha bajo el brazo— con el mismo gesto experto de un ciudadano que le indica una calle a un forastero despistado. Santa Ana sentaba en sus rodillas a una Virgen niña y sin embargo madre, que a su vez sentaba en sus rodillas a un niñito Jesús minúsculo y rubio; al fondo, San José —siempre muda presencia de segundón— pasaba concienzudamente sobre una tabla su cepillo de carpintero.

Hacía poco que las imágenes se había desnudado de los velos penitentes de la Cuaresma. Sólo unos días antes la Virgen de Fátima estaba trágicamente envuelta en un sudario morado, como un cadáver puesto de pie; la entronizada Virgen de la Merced se había velado por aquellas fechas el rostro con un finísimo tul malva pletórico de coquetería; los oros titilantes de la Virgen del Perpetuo Socorro —un icono oriental en el que rielaban las llamitas de las velas— se insinuaban apenas tras una cortinilla negra. Hasta los niños que emergían del barreño en el altar de San Nicolás —milagrosamente resucitados de una muerte antropofágica y casi cómica de chorizos y morcillas— se ocultaban tras un pesado paño color nazareno. El Domingo de Resurrección, bajo un campaneo gozoso, las imágenes habían vuelto a renacer, despojadas de sus tétricos sudarios, y las pastelerías se habían llenado de huevos de chocolate envueltos en papel de plata.

Mamá se encaminaba, pues, directamente a la tienda

de Juanito, en la calle de la Luna, sin detenerse en el ámbito oscuro y acogedor de la iglesia. No pudo traspasar, sin embargo, los umbrales del tendero más calvo de barrio sin encontrarse de manos a boca con la señora Engracia, que salía del establecimiento con el capacho lleno.

La señora Engracia se enredaba siempre en unas conversaciones prolijas, inquisidoras y larguísimas, que lo mismo tenían lugar bajo el sol abrasador de una siesta de agosto que bajo las lluvias torrenciales de abril o en una mañana de helada de febrero. En la acera o en la calzada, en una esquina ventosa o bajo un balcón del que goteaban las plantas recién regadas, junto a una farola en la que orinaba un perro o tras el petardeo del tubo de escape de un camión de reparto detenido con el motor en marcha, la señora Engracia pegaba la hebra ajena al batir de los elementos y no dejaba ir a su víctima hasta que no la había interrogado a conciencia. De ahí el fastidio de Mamá al topársela y la exasperación de los transeúntes que encontraron, durante más de veinte minutos, obstruida la estrecha acera por la señora Engracia y su capacho, inamovibles como la morrena frontal de un glaciar.

La señora Engracia preguntaba algo a Mamá. En realidad, la señora Engracia preguntaba siempre algo a todo el mundo: por ejemplo, cuánto le había costado el vestido que llevaba, o si habían pagado la lavadora al contado o por letras, o si los niños habían traído muchos suspensos del colegio.

Pero tantas preguntas no evitaban que la señora Engracia fuera profundamente ignorante: ni siquiera sabía, a sus años, cómo nacían los niños. Su ignorancia se puso de manifiesto cuando nació Luisita, la niña del cuarto, y se habló de que su madre, la señora Luisa, estaba todavía en el hospital. «No es que esté malita, ¿sabes, guapa? Es que está muy cansada y tiene que descansar, porque claro, cuando llega la cigüeña de París con el niño pequeño en el pico —en este caso la niña, la Luisita—, lo suelta de repente en el aire y entonces la mamá tiene que correr mucho para alcanzarlo, porque si no el niño se cae al suelo y se mata. ¿Comprendes, bonita?»

Así que tanto preguntar no le había servido para saber algo tan elemental como que los niños están en la tripa de la mamá, donde van creciendo, y creciendo, hasta que ya son mayores y salen al exterior por un orificio que hay en el cuerpo de la madre. ¡Un orificio! Nunca había visto un orificio, pero es que la señora Engracia ni siquiera imaginaba su existencia. A la señora Engracia ni por lo más remoto se le había ocurrido pensar que las mamás tenían un orificio en el cuerpo, una puerta secreta que no cabía imaginar sino como un ombligo constelado de oro por el cual asomaba, lechosa y frágil, la cabecita de los bebés. Así que la señora Engracia se revelaba como un moscardón molesto, que preguntaba toda clase de trivialidades pero era incapaz de interrogar para enterarse de los grandes misterios de la existencia: cómo nacen los niños, qué significa «fruto bendito de tu vientre» —«un *fruto* es una pera, una manzana, un plátano: eso es un fruto», había respondido Mamá a la pregunta «¿qué significa *fruto*?»—, qué es la muerte —«es como un sueño», dijo Mamá— o qué quería decir *Guondeful Copenague* —«es francés o inglés», respondió Papá distraídamente.

Guondeful Copenague era un vals maravilloso, una canción que invitaba a bailar en el comedor, mientras el cuerpo se revestía de una túnica rosa muy parecida a las de Sigrid –una túnica de caída perfecta y tacto de seda, cuya falda revoleaba con los pasos de danza dejando ver un zapatito de cristal idéntico al de la Cenicienta–; el Capitán Trueno aparecía siempre en esas ocasiones, haciendo una reverencia y solicitando el honor de este baile, mientras en el tocadiscos comprado en el Rastro por Papá la cantante Serenella desgranaba su canto de sirenas:

> Guondeful, Guondeful Copenague,
> tras
> navegar por el mar,
> al volver a ti,
> nada más llegar
> quiero yo por ti brindarrrrr.

Guondeful Copenague había de ser un lugar magnífico, maravilloso –de «Maravilloso Copenhague» lo calificaba precisamente la carátula del disco–, porque tras unas mareantes vueltas cada vez más rápidas por el comedor, tras algún que otro chichón de los danzantes contra la esquina de la mesa, Serenella concluía:

> Y al poderte ver
> antes de morrirrr,
> Guondeful, Guondeful,
> ya no quiero partirrrr.

Realmente, no sabría decir qué canción era más bonita: si aquel Guondeful Copenague de Serenella o «La Rabanera», de Julita Castro. Para «La Rabanera», la túnica estilo Sigrid desaparecía, sustituida por una bata de cola de raso negro, velada apenas la escotadura del pecho con un abanico de encaje también negro, y las trenzas se convertían en un moño bajo adornado con claveles reventones. Bellísima, demacrada por el dolor, subida a una de las sillas de comedor −unas ojeras amoratadas se reflejaban en el espejo del trinchero−, arrancaba a cantar con vena de artista:

> Me llaman la Rabanera
> porque estoy enamorá
> de un hombre comprometío.
> Y cuando voy por la calle
> me suelen apedrear
> con palabras los oíos.
> No quieren comprender
> que el cariño es como el río:
> que nunca puede volver,
> que nunca puede volver
> al sitio donde ha nació.

Bajaba de la silla, daba unos cuantos pasos por la habitación, andaba hacia el aparador y volvía a mirar el rostro demacrado en el espejo, a través de las copas de colores de la cristalería de Mamá; contemplaba, reflejado en la luna, el rostro joven marcado por el dolor, y cantaba con rabia, escupiéndole la terrible verdad a la panera de alpaca:

> Mercedes, la Rabanera,
> dice la gente por las esquinas.
> Mercedes viste de ojeras
> y tiene el alma llena de espinas.

Pregunto yo, por saber,
si el cariño tiene fronteras
o si se puede poner
como un reló de paré
donde guste y cuando quieras.

Solía acabar la canción exhausta y sudorosa, admirada por el Capitán Trueno, que aplaudía desde el balcón del comedor, y amenazada por las anginas, que solían hacer su aparición siempre que sudaba mucho. Para evitar la quietud y el enfriamiento que atraían siempre a la peligrosa enfermedad, no había otra solución que seguir danzando. Solía entonces aparecer Crispín, empeñado en pedir un baile, y por no desairarle –tampoco convenía hacerle un feo a uno de los inseparables amigos del Capitán– no había más remedio que poner «Las tardes del Ritz» en versión de Lilian de Celis:

Yo me voy todas las tardes
a merendar al hotel Ritz
y tras el té suelo hacer mil locuras
con un galán que está loco por mí.

En efecto, los salones del Ritz estaban esplendorosos: eran un ascua de oro alumbrada por mil arañas de cristal como la del dormitorio de Papá y Mamá, pero muchísimo más grandes. Los cristales iluminados se reflejaban en los espejos de cornucopia que casi cubrían las paredes, y el suelo de mármol blanco muy pulido –con una rosa de los vientos formada en piedras de colores– parecía otro espejo o una superficie de hielo sobre la que se deslizaban como con patines los pies de los danzantes.

Lo mejorcito de la ciudad estaba allí, tomando pastas y chocolate con soconuscos, desganadamente sentados los más mayores en incómodos sofás de damasco con torneadas patas estofadas en pan de oro:

Las mamás cotorreando
toman el té sin advertir
que en el salón al bailar las parejas
hablan de amor con atroz frenesí.

Como siempre, Crispín se arrimaba demasiado, apretaba con el brazo en la cintura y su pecho y sus labios resecos por el sol y el polvo del camino de mil aventuras se acercaban tanto que casi rozaban el rostro de su pareja.

Tenga usté en cuenta que mira mamá
y si se fija nos va a regañar.
¡Ay, déjeme!
No me oprima usté más
pues le diré
si me quiere asustar
que soy cardiaca y por esa razón
no debo llevarme ninguna emoción.

«Mamá, ¿qué es cardiaca?», preguntaba entonces. «¿Quéeee?», replicaba Mamá desde la cocina. «¡Cardiaca! ¿Qué es cardiaca?» Pero Mamá no oía y había que dejar un momento a Crispín con los brazos en el aire y correr hasta la cocina. Mamá disolvía una pastilla de añil en la pila de piedra jaspeada; un montón de ropa blanca esperaba su turno de azulete en el barreño de zinc. La pila era enorme y el agua jabonosa y turbia que se iba volviendo azul pertenecía a un océano muy profundo surcado de aletas de tiburones, unos tiburones terribles como aquellos que se comieron la mano del Capitán Garfio.

—¿Qué es cardiaca?

—¿Cardiaca? Que está mal del corazón.

—¿Y una emoción?

—Una ilusión muy grande. Y ya has vuelto a sudar y ahora te quedarás quieta y te quedarás fría, y cogerás anginas.

—Y tú, guapa, ¿ya no tienes anginas? —preguntaba, siempre tan agradable, la señora Engracia. Y Mamá le explicaba precipitadamente que no, que hacía lo menos dos semanas que no había cogido anginas y que estaba muy contenta, y aprovechaba la ocasión para despedirse y refugiarse en la tienda de Juanito, donde la señora Engracia no podía pretextar entrar porque a la vista estaba que acababa de salir de ella.

La tienda de Juanito era, sin duda, la más bonita del barrio. Sobre el mostrador de mármol blanco concienzudamente pulido a base de brazo, estropajo de esparto y asperón, se exponían en perfecto orden pictórico todos los productos del colmado: el sustancioso lienzo de la charcutería se asemejaba un poco a los abrumadores bodegones flamencos, con sus negras cecinas y mojamas, el rosa vivo de las piezas de jamón de York, el bermellón de los chorizos cortados al sesgo, el mosaico de minúsculas teselas blancas y rojas de los salchichones de Vic, el alabastro cartilaginoso rosa y grana de la cabeza de jabalí, los tonos coralinos de las mortadelas y rouladas, las viscosas ristras de salchichas blancas y bermejas haciendo rebosar los lebrillos de barro, las morcillas de cebolla negras como verrugas y las de arroz salpicadas de bubones blancos. Los quesos se escalonaban como cantantes de un coro en unas gradas de madera, tras un burladero de vidrio: el amarillo queso de bola holandés, con su mantillo de parafina colorada; el blando queso de Burgos rezumando suero en su platito de cristal; el oro viejo del queso en aceite. Y, colgando desde el techo hasta la altura de la vista, toda una cascada de charcutería: arriba del todo, los jabugos de pata negra y carne enjuta, con su cono de hojalata para recoger la grasa que rezumaban; descendiendo, las guirnaldas de los chorizos de asar, los correajes rúbeos de las longanizas, los rígidos garrotes de los salchichones envueltos en papel celofán; y, más abajo aún, la colección de ganchos metálicos corredizos en los que se ensartaban como ahorcados las piezas de tocino blanco como el jabón y las ahumadas pancetas con vetas bermejas.

La zona de ultramarinos se asemejaba, en cambio, a una ciudadela bien guarnida, con sus torres de botes de leche condensada, sus matacanes de sardinas en aceite, sus bastiones rojigualdos de Cola-Cao, sus almenas de tomate al natural y de melocotón en almíbar, sus enladrillados lienzos de mermeladas, sus contrafuertes de bonito en escabeche y sus impresionantes muros almohadillados de fuagrás.

Estaba también el barril de madera del que se sacaba la miel con una espátula, y las barricas con olor acre de las aceitunas en salmuera y los encurtidos. Había cajones de madera con harina inaprensible −nieve para un belén−, con azúcar brillante de cristalitos microscópicos, con las maracas sonoras de las legumbres, con el fecundo granizo del arroz, con los aromáticos escarabajos del café torrefacto, con el polen amarillento de las gachas.

Como camisas recién planchadas, colgaban en un extremo los almidonados bacalaos abiertos y secos en su corteza de sal; la rueda de los arenques se abría como un abanico chino —escamas de oro y seda— dentro de su barrilete de madera; las inmensas tabletas de chocolate a la taza se apilaban como ladrillos embreados. Juanito, envuelto en su eterno mandil blanco, que le llegaba hasta los pies, y con el lápiz tras la oreja, escogía uno de los cuchillos de su colección —tenía toda una armería a su servicio— y cortaba con precisión una loncha de panceta o un pedazo de ambarino dulce de membrillo, que nadaba en su propio almíbar dentro de un plato cuadrado de loza, ponía lo cortado en el grueso papel poroso y lo colocaba con orgullo en la balanza de porcelana: ni un gramo de más. En todo caso, algún gramo de menos, que él se encargaba de corregir poniendo más papel o apoyando suavemente y con disimulo el dedo meñique en el platillo de la balanza.

Juanito se deshacía en reverencias de salón tras el níveo mármol del mostrador, orlado de grutescos de cecina, enmarcado por majestuosas volutas de guindillas secas, entronizado entre columnas salomónicas de regaliz. Juanito tenía algo de maestresala de palacio dieciochesco, de lacayo de marquesas reencarnadas en porteras de barrio. Como buen jefe de protocolo de aquel palacio de embutidos y conservas, Juanito dominaba el arte de los tratamientos: llamaba *señora* a las casadas y a las ancianas, y daba el solemne tratamiento de *guapa* a las niñas a las que su madre enviaba a por un papelillo de azafrán y a las dependientas solteras de «Chocolates el

Indio» o de «Modas Fabiola»; para las solteroncitas moji-
gatas y decentes que hacían la compra a la vuelta de misa
distribuía magistralmente los *señora* y los *guapas* en partes iguales, con sabia alternancia. Al señor de corbata
que accidentalmente y por tener la mujer enferma entraba en su tienda a comprar cuarto y mitad de queso
—ese señor azorado e indefenso que se olvidaba sistemá-
ticamente de pedir la vez—, Juanito le hacía una reverencia pronunciada, preguntando en tono servicial: «¿Desea
algo el señor?» «Claro», pensaban los demás parroquianos, «si no desease nada no habría entrado en la tienda.»
Pero Juanito continuaba, obvio y reverente: «¿Desea algo
más el señor? Tenemos», Juanito hablaba de *nos*, como
los papas, «un membrillo muy bueno; lo hemos recibido
esta mañana; es un membrillo de primera calidad, es un
membrillo de Puente Genil. Es crema de membrillo. No
está empalagoso, es muy fino, se lo digo yo; pruebe el señor, pruebe un poquito. Llévese usted cuarto de membrillo, que a su señora le gustará. Pruébelo el señor, sin
compromiso.» Y de nada valían las protestas del señor
que, aunque no se atrevía a decirlo, a la legua se veía que
a él no le gustaba el membrillo; el señor acababa pro-
bando el membrillo y concediendo con fingida cara de
placer que era un membrillo excelente, un membrillo de
primera calidad, una auténtica crema de membrillo. ¡In-
sensato!: él mismo labraba su perdición; porque Juanito,
haciendo caso omiso de las protestas del señor, que argu-
mentaba que su mujer era diabética y no podía comer
membrillo, ya colocaba cuarto de kilo de aquella masa
almibarada, dorada y grumosa, en un grueso papel
blanco más grande de lo normal. Y, dada la primera
prueba de debilidad, el señor cataba las aceitunas negras

—y se llevaba doscientos gramos—, probaba un nuevo queso de cabra —y cargaba a continuación con medio kilo—, degustaba unos bizcochos de soletilla muy frescos que sería una pena desperdiciar —y acababa comprando un par de papelillos—, paladeaba un cacho de bacalao crudo —y se llevaba provisión para toda la Cuaresma—, y al fin, con el estómago deshecho, las manos ocupadas y la cartera vacía, se marchaba para su casa previendo la inevitable regañina de su mujer, mientras el tendero lo despedía con su peculiar ceremonial de corte:

—Servidor —decía Juanito mientras inclinaba la cabeza hasta casi poner en manos del cliente su calva barnizada y rosa, que parecía de cera.

Con las señoras, Juanito —que bien hubiera podido ser embajador otomano ante el dux de Venecia— usaba otra táctica diplomática. Sabedor de que la pescadera, la portera y la mujer del huevero no comprarían más de lo que deseaban comprar y no habría manera de embrollarlas, recurría a la táctica de la radio:

—¿Oyó usté anoche a Gila? —preguntaba, apoyando disimuladamente el dedo en el platillo de la balanza.

—¿Qué, señora Ciriaca, cómo va el serial? ¿Encontró la chica al padre de su hijo? —inquiría poniendo doble papel.

—Sí, sí, esa canción que dice «Yo tengo una casita chiquitita en Canadá» —aducía sin venir a cuento mientras quitaba un puñado de garbanzos al paquete que estaba a punto de cerrar.

Por eso Mamá vigilaba a Juanito con los ojos de un gerifalte, dispuesta a lanzarse en picado sobre el recién mermado paquete de arroz o a exigir una loncha más de jamón de York si se consideraba lesionada en sus derechos. De vuelta a casa, Mamá siempre comentaba con Papá que era una lástima que la tienda de Juanito fuera la única decente del barrio, porque aquella urraca le robaba siempre en el peso.

La pescadería era, desde luego, un lugar mucho más feo que la tienda de Juanito: tenía un olor rancio a amoníaco, un suelo resbaloso de escamas perdidas, un aire de morgue de peces muertos en sus cajas de madera, entre helechos y pedazos de hielo picado. La pescadera regaba los cadáveres con baldes de agua fresca, como si quisiera resucitarlos, y cuando limpiaba el pescado arrojaba a sus pies −junto a las botas de caucho que le daban aspecto de pescadora de caña− las agallas sanguinolentas de una merluza o la babosa piel de un rape. En casa, los despojos de aquellos difuntos se convertían en un plato de comida en la que siempre había una espina imprevista, una escama como una lentejuela que se pegaba al paladar. Y no menos abominable era la casquería, con sus regueros de sangre por todos lados, los hígados goteantes, los corazones de vaca abiertos mostrando el cuajarón de sangre en la válvula mitral, las sesadas de cordero expuestas como panes sobre el mármol, el bofe rosáceo colgando de un gancho por el tubo elástico de la tráquea. Era mil veces preferible a aquella cámara de los horrores el escaparate de la mercería «Santa Rita», con sus bragas gigantes para el inmenso culo de las porteras, sus ejércitos de hilos de colores y sus escuadrones de botones de nácar cosidos en un cartoncillo. Allá, cintas de algodón y raso formaban una bandera variopinta similar al toldo de una terraza de verano; en el otro lado refulgían los dedales que parecían de plata. Y por las paredes del escaparate trepaban calcetines de perlé labrados a ganchillo, papelillos de alfileres de novia y de automáticos, cuentas de collar y cuellecitos de piqué para los uniformes de los colegios. En el medio del escaparate, entronizada como una diosa, había una pierna singular y sin dueña, pulcramente enfundada en una fina media de cristal: una pierna perfecta que se doblaba graciosamente, como si estuviese medio encaramada al taburete alto de una de las cafeterías de la Gran Vía.

De vuelta a casa, Mamá se dedicaba a la laboriosa tarea de desempaquetar lo comprado y colocar los productos perecederos en la fresquera, los duraderos en los armarios y el pescado en la cazuela. Por la calle pasaba, como todas las mañanas a aquellas horas, el afilador tocando en escala su flauta de Pan; al oír aquella música, que era como la del flautista de Hamelín, las tijeras se alborotaban en los costureros y los cuchillos rebullían en el aparador deseando ser pulidos por la caricia llena de chispas de la rueda de afilar. El grito del afilador («¡Afiladoooooooooooor!») era una nota más en la flauta de Pan, una nota que a veces se entremezclaba con el cántico de la gitana de los barreños:

> Se compran trenzas de pelo,
> la lana vieja
> y la ropa usá.
> Se cambian por cubos y barreños
> la trenza de pelo,
> la lana vieja
> y la ropa usá.

En junio venía la señora de las rosas −«Rositas, de olor y qué bonitas»−, pero el pregón más bonito llegaba en agosto, con el melonero que instalaba su entoldado frente a la Hermandad del Refugio y la Piedad, asilo y comedor de pobres; entre ubérrimas pirámides de melones amarillos y sandías verde oscuro, a la sombra de los toldos sucios y comidos por el sol que recordaban una jaima del desierto, el melonero improvisaba una melopea artística con paralelismo, estribillo y ocasional leixa-pren:

> A cala y a prueba los melones.
> ¡Arrope puro!
> ¡Arrope los melones!
> La flor y la nata de melones.
>
> Qué melones traigo, niña,
> niña, qué melones.
> ¡Arrope puro!
> ¡Azúcar los melones!
>
> Salen como la miel, nena,
> salen como la miel.
> ¡Arrope los melones!
> ¡A cala los melones!
> ¡A prueba los melones!
> ¡A cala y a prueba los melones!
>
> Señoras, aproximarse,
> verán qué melones.
> ¡La flor y la nata!
> ¡Dulces como la miel!
>
> Tienen que salir como la miel.
> Si no le salen como la miel
> se lo regalamos.

¡Hale, venga, que son arrope los melones!
¡Arrope los melones!

Los cala, los prueba,
y si no salen azúcar
se los regalamos.
    ¡A cala los melones!
    ¡Que son arrope puro los melones!

Pero había también en aquel mundo de pasajeros pregoneros sus elementos siniestros y peligrosos. El peor de todos pasaba a primera hora de la mañana, y sólo oírlo desde la cama, en la habitación en penumbra, producía escalofríos:

        El tráaaaaaapiru
        por traaaaaaaapus
        vieeeeeeeeeeejus.

Tras el grito desgarrado aparecía –lo había visto sólo algunas veces: las suficientes como para temerle– el hombre sucio y renegrido, de tez cetrina y boina mugrienta, que llevaba a las espaldas un enorme saco rayado hecho con la tela de un colchón; allí era donde escondía a los niños que robaba, para después sacarles las mantecas. Era inútil que Mamá insistiese en que sólo se trataba del trapero, que compraba cosas viejas para arreglarlas o venderlas: Mamá –otras veces tan lúcida– era en esto una ingenua que ignoraba la verdadera cara siniestra del hombre del saco. Muchas veces, en las noches oscuras de lluvia y viento, había visto desde el balcón cerrado al hombre del saco perseguir a los niños abandonados en la calle; eran niños desconocidos, que recorrían transidos de frío las calles desiertas, hallando todos los portales cerrados y no sabiendo dónde refugiarse. Pronto el hombre del saco, con su terrible grito («Traaaaaaapiru»), aparecía en mitad de la calle con su escolta de lobos hambrientos. Y el niño tenía que correr por un laberinto de calles sin un alma, por las que gritaba sin que nadie le oyese, mientras sentía en sus talones el aliento ávido de los lobos del trapero. Al fin, llegaba a su casa justo a tiempo para cerrar el portón inexpugnable en las mismas fauces de los lobos, mientras la lluvia difuminaba la mirada de lumbre del hombre terrible y empapaba su saco de rayas, que empezaba a pesar como si estuviese lleno. El hombre tenía entonces la misma mirada fija y penetrante de los Ojos Malos.

Mamá guisaba en la cocina un plato aborrecible: merluza en salsa verde. El olor de la salsa de perejil –encubridora de un acerico de espinas– empezaba a invadir la casa, en preludio de una comida que se anunciaba como tormentosa: espinacas rehogadas y merluza en salsa verde. Sólo la adorada gaseosa «La Casera», con su casita sonriente de tejado rojo y sus burbujas azucaradas, podía hacer soportable un tormento similar: las espinacas se convertirían dentro de la boca en una bola de estopa verde y el pescado, traidor, tenía piel y espinas ahogadas en un mar de salsa. La calle empezaba a quedarse desierta, algunos comercios habían cerrado ya para la comida y faltaban pocos minutos para que llegase Papá. Pero el Capitán Trueno regresó dispuesto a reanudar la aventura de los Ojos Malos: aún había tiempo, en lo que se guisaba la merluza y Mamá ponía la mesa, para atravesar el laberinto de estalactitas, descabezar a los cuatro dragones que guardaban la entrada de la Habitación Grande —tarea laboriosa donde las hubiera, porque cada dragón tenía siete cabezas, que el Capitán hizo saltar de un certero golpe de espada salpicando el recibidor de sangre verde— y adentrarse en el laberinto de los sillones desfondados, de los armarios viejos y los somieres inservibles.

Tumbada sobre la alfombra vieja, los ojos vagaron un poco por el techo, por la grieta y las telarañas antes de arrojarse, en un supremo esfuerzo de decisión, a mirar el envés del tablero de la mesita. Pero la decisión no llegaba y seguía allí, boca arriba en el cuarto vacío —el Capitán Trueno había desaparecido incomprensiblemente—, con los ojos cerrados. Al fin los párpados, que parecían de hierro, cedieron un poco y dejaron pasar una rendija de luz, luego se abrieron plenamente tratando de sorber las formas confusas en la penumbra. Los Ojos Malos no estaban allí. En su lugar estaba la Virgen María, vestida del azul de la Purísima algo sucio —el traje bordado de perlas o de estrellas parecía brillar en la oscuridad—, nimbada de tinieblas que apenas permitían distinguir el halo de santidad sobre el cabello rubio; un Niño Jesús rígido y chapetón como un muñeco de china se sentaba sobre sus piernas como sobre un trono y una paloma blanca se le posaba en el hombro. Los ojos de la Virgen eran azules y dulcísimos, trasparentes como el agua de mar, mirando desde el envés del tablero las patas de la mesa, las baldosas del suelo, la alfombra vieja de la abuela, por los siglos de los siglos, amén. Entonces Mamá empezó a llamar para la comida, el Capitán Trueno estaba

204

en la isla de Thule, las cucarachas habían sucumbido a una venenosa lluvia de Cuchol y los Ojos Malos no volvieron a aparecerse nunca más en la vida.

V. MEMORIA

El lienzo fue encontrado de manera fortuita en un domicilio particular de la calle Corredera Baja de San Pablo. Sin duda fue pintado originalmente sobre bastidor, pero en el momento de su hallazgo se encontraba deficientemente encolado sobre una tabla de madera, de pésima calidad, muy atacada por la carcoma y −lo que resulta más curioso− por un tipo de insecto tropical autóctono del Caribe e inexistente en la península, cuyo origen no se ha podido determinar; el desprender el lienzo de su soporte resultó tarea relativamente sencilla, dado que el grado de descomposición de la madera y la mala calidad de la cola empleada facilitaron la separación de ambos materiales. Afortunadamente, el lienzo no había sido dañado por los insectos, aunque estaba algo abarquillado.

En cuanto a los motivos por los cuales el cuadro se encontraba oculto bajo el tablero de una mesa de caoba desechada desde hacía muchos años, la actual propietaria recuerda haber oído contar que, en los primeros días de la guerra civil, su abuela se había hecho cargo de diversos objetos religiosos procedentes del convento de las benedictinas de San Plácido, y los había ocultado en su casa. Podemos aventurar que el cuadro sería uno de ellos y la piadosa señora lo habría disimulado bajo el tablero de la mesa para encubrirlo, olvidándolo después. Aunque el asunto religioso del cuadro no era más que producto de una reinterpretación muy tardía −como enseguida veremos−, lo cierto es que para sus antiguas propietarias representaba a la Virgen con el Niño, y una sin duda no excesiva prudencia les impulsaría a ocultarlo en esos tiempos azarosos.

Se procedió a continuación a montar el lienzo sobre un bastidor provisional, de las mismas proporciones que la tabla, pese a que ya en este primer proceso de separación se observó que el cuadro parecía haber sido cortado, puesto que el lienzo pintado volvía unos dos centímetros sobre el envés de la tabla, en todo su perímetro. No obstante, se prefirió mantener las dimensiones originales para no dañarlo. No se encuentran en los bordes marcas de los clavos con los que debió de estar unido al bastidor, motivo por el cual cabe pensar que se recortaría poco antes de encolarlo sobre la madera, o quizás precisamente para adaptarlo a ella.

Las pruebas radiográficas pusieron de manifiesto los torpes repintes realizados seguramente muy a finales del siglo XIX. Así, la figura del Niño, realizada con un estilo, una técnica y unos materiales característicamente decimonónicos por un pintor carente del más mínimo arte, se había superpuesto burdamente sobre la falda de la dama sentada; asimismo, se había convertido a ésta en la Virgen María por el sencillo procedimiento de añadir una aureola dorada en torno a su cabeza. Todos estos elementos eran fácilmente perceptibles a simple vista y la prueba radiográfica no hizo más que confirmar la primera impresión. Más interesante resultó, sin embargo, la visión de la aparente paloma que la Virgen tenía posada sobre el hombro izquierdo; en la radiografía se aprecia claramente que la figura de la paloma es también un repinte tardío, hecho ex profeso para disimular un elemento de la pintura original: una mano derecha menuda y blanca, sin duda femenina por su tamaño y color, que se apoya con firmeza en el hombro de la dama.

Dicho elemento vino también a confirmar nuestra primera impresión de que el cuadro hubo de ser de dimensiones mucho mayores, y habría sido recortado por alguna razón, eliminando entre otras cosas una figura que debía de haber de pie tras la dama, quien aparece sentada y retratada de medio cuerpo.

Se procedió a continuación a eliminar los mencionados repintes. Afortunadamente, la pintura empleada en ellos pudo desprenderse con facilidad, sin ocasionar pérdidas en la original, en parte gracias a que ésta había sido barnizada con anterioridad a los retoques, por lo que éstos habían impregnado sólo muy superficialmente. En una fase posterior se eliminó dicho barniz, que confería al conjunto una tonalidad verdosa, apareciendo entonces en toda su calidad cromática el verdadero colorido del cuadro.

Representa, de medio cuerpo, a una dama ataviada con vestido de un hermoso color azul celeste; tanto el cuerpo como el inicio de la falda se encuentran bordados con pequeñas perlas o aljófares, en disposición romboidal. Tras la figura de la dama se aprecia el respaldo de la silla, forrado de color rojo oscuro y ribeteado con pequeños alamares dorados y rojos. Tanto el peinado de la dama −adornado con plumas blancas y un lazo del mismo color del vestido– como las mangas son características de la moda imperante en los últimos años del reinado de Felipe IV. La mano femenina que se posa en el hombro izquierdo de la dama porta un anillo con un aguamarina. El retrato está muy bien trabajado, no sólo en el rostro sino también en el vestido; la pincelada es sólida en el fondo y en los rasgos del rostro, pero resulta más ágil y ligera en la realización del brillo de las perlas y los alamares de la silla, elaborados a base de pequeños toques de pincel, con factura muy deshecha. La brillantez de la mirada ha sido realzada con una pequeña línea blanca en el centro del ojo. En su conjunto, y pese al hieratismo de la postura de la retratada, el pintor ha logrado una impresión de naturalidad y armonía, acentuada por el acierto con que se combinan distintos tonos de azul, desde el color de los ojos de la mujer hasta el de su vestido o la gruesa aguamarina del anillo; el fondo granate muy oscuro de la silla contribuye a resaltar la luminosidad de los azules, acrecentada por el brillo de la tela y de las perlas.

Las pérdidas de pintura son afortunadamente escasas, aunque su disposición en paralelo hace pensar que el lienzo debió de estar algún tiempo desprendido de su bastidor original y enrollado, y que en tal disposición sufrió alguna presión que tendió a plegarlo en líneas paralelas. Las mayores pérdidas se encuentran en la mano derecha de la retratada y a la altura del óvalo de la cara.

El cuadro fue preparado mediante una capa de sulfato de calcio diluido en cola de origen animal. El vestido azul fue llevado a cabo por medio de un estrato a base de azurita con blanco de plomo. En la silla roja, el blanco se mezcla con bermellón de mercurio, con una fina capa de laca orgánica roja; los flecos se realizan con tenues aplicaciones de amarillo de plomo, mientras que las perlas del vestido (que casi no tienen contraste radiológico) se hacen a base de pequeños toques de blanco.

En cuanto a la autoría, cabe señalar que el cuadro debió de estar firmado en el ángulo inferior derecho, ya que a esa altura, en la parte del lienzo que vuelve sobre el bastidor, aparecen dos trazos negros en forma de ángulo que sin duda debieron pertenecer a la parte superior de una Z mayúscula. El resto de la firma habría desaparecido al recortarse el lienzo, pero ese fragmento de letra supone un importante indicio para identificar no sólo al autor, sino la temática del cuadro y la identidad de la retratada.

El estilo pertenece claramente a la época de Felipe IV; en principio, podría datarse en torno a la década de los años cincuenta o sesenta del siglo. La calidad de la pintura y la expresividad del retrato nos indica que nos encontramos ante la obra de un excelente pintor, y concretamente de un magnífico retratista. El dominio del colorido nos habla inmediatamente de la escuela sevillana, menos severa y adusta que la madrileña. Un repaso a los catálogos de obras de esta escuela nos ha permitido identificar casi con total certeza no sólo al autor, sino también el cuadro en concreto de que se trata.

En su exhaustivo y por desgracia no muy difundido catálogo de la pintura sevillana de la segunda mitad del siglo XVII (publicado en Sevilla, 1954), don Leonardo Florencio Aguilar recoge la referencia de una obra perdida del pintor Bartolomé Zabala (Sevilla, 1598-1670), que figuraba en el inventario de bienes de doña Mariana Osorio y Benzalda que a la muerte de ésta heredó su viudo, don Baltasar de Alfarache. La referencia del testamento lo describe como «un lienzo mediano, de doña Rufina de Alfarache y una hermana suya, vestidas de azul, de mucho mérito»; y se valora la posesión en ciento veinte ducados, cantidad en verdad estimable (equivalente, por ejemplo, al precio de un buen esclavo).

Acertadamente supone don Leonardo Florencio Aguilar que el lienzo en cuestión debía de ser un retrato de las dos hijas del matrimonio Alfarache-Osorio: doña Rufina de Alfarache, la mayor, y (la «hermana suya») la hija menor del matrimonio, Ana de Alfarache y Osorio. Como veremos, no deja de resultar significativo que a esta última no se la mencione por su nombre. Más adelante volveremos sobre las posibles causas de esa omisión, relacionadas con un penoso episodio de la historia familiar.

Pero vayamos a los rasgos que nos han hecho identificar nuestro lienzo con la obra perdida de Bartolomé de Zabala. Como es bien sabido, Zabala fue buen amigo y condiscípulo de Diego de Silva y Velázquez, a quien conoció en el taller de Pacheco, donde ambos se formaron. La amistad de los dos jóvenes sevillanos debió de ser estrecha, como lo demuestra el hecho de que Bartolomé Zabala aparezca como testigo del matrimonio de Velázquez con Juana Pacheco, hija del maestro de ambos; el enlace se celebró en 1618 y sólo cuatro años después Velázquez ya estaba en Madrid, mientras que Zabala permanecía en Sevilla, ciudad en la que vivió y pintó hasta el fin de sus días. Probablemente nunca más debió de reencontrarse con su antiguo condiscípulo, pero es indudable que la huella del jovencísimo Velázquez, con su personal manera de entender la pintura, permaneció en los modos de hacer de Zabala. Hasta tal punto que Felipe Sánchez March ha llegado a afirmar que «el verdadero maestro de Zabala no fue el viejo pintor Pacheco –por otra parte tan rígido y amanerado– sino su joven aprendiz Velázquez; la convivencia de Zabala y Velázquez en el famoso estudio sevillano fue tan fecunda que bien puede calificarse a Bartolomé Zabala como pintor de la escuela velazqueña, aunque se separase pronto del genial Diego de Silva y nunca saliese de Sevilla».

Al contrario que otros pintores sevillanos, que cultivaron principalmente la pintura religiosa –generalmente por encargo de los numerosos y ricos conventos de la ciudad del Guadalquivir–, Zabala destacó especialmente como retratista. A sus manos se deben más de medio centenar de retratos de la mejor nobleza de la ciudad, así como de un buen puñado de burgueses enriquecidos y siempre aspirantes a ennoblecerse. Es, por tanto, un auténtico cronista de su ciudad y de su época en los rostros y vestimentas de sus conciudadanos. Supo imprimir al retrato de escuela un giro peculiar, tanto en lo que se refiere a la técnica como a su capacidad para reflejar –aun en los encargos más convencionales– la personalidad de sus retratados.

El lienzo objeto de nuestro estudio muestra a las claras las características de su mano, tanto en lo que se refiere a la técnica pictórica propiamente dicha (fondos muy densos y compactos sobre los que se superponen pinceladas sueltas para los detalles, especialmente los de la indumentaria) como al tratamiento del colorido. En efecto, son frecuentes los cuadros en que el pintor juega con distintas tonalidades de una misma gama de color, contrastando no sólo diferentes intensidades sino diferentes matices de brillos y mates. Aquí ha jugado con el color azul, como señalábamos más arriba, dándonos una de las más acabadas muestras de su arte. Si el estilo y la técnica pictóricas nos hacen pensar inmediatamente en Zabala, nuestra impresión se ve además avalada por el único trazo que se conserva de la firma, y que como ya hemos dicho corresponde claramente a la parte superior de la inicial del apellido del pintor.

Tenemos no menos de sesenta obras catalogadas de Bartolomé Zabala. De ellas, casi todas se conservan en colecciones particulares, aunque hay también algunas en museos: las dos más notables son las del Metropolitan Museum de Nueva York, que constituyen pareja, ya que se trata de sendos retratos de cuerpo entero del caballero veinticuatro don Juan de Argote y su esposa, doña Cecilia de Gelves; existe también un espléndido retrato de una desconocida en la galería Jajelonska de Cracovia; y uno de sus escasos cuadros de tema religioso fue a parar –después de una azarosa peripecia que no es momento de contar aquí– al Museo de Bellas Artes de Vitoria, donde aún se conserva. Trátase en ese caso de una Magdalena que el autor utiliza como pretexto para desarrollar uno de los motivos más caros a la pintura barroca: la *vanitas* o meditación sobre la vanidad de los bienes del mundo; ante el busto de la Magdalena penitente –de mórbidas carnes semidesnudas– se despliega la habitual parafernalia de objetos representativos de los placeres y las riquezas (joyas, instrumentos musicales, libros, papeles, un recado de escribir, telas suntuosas, un camafeo con retrato...) entre las que destaca la no menos habitual calavera, memento de la muerte.

Varias son también las obras perdidas del autor: hasta doce llega a contabilizar Leonardo Florencio Aguilar, que son conocidas sobre todo por inventarios de bienes de casas nobiliarias y donaciones testamentarias. Entre ellas se cuenta, precisamente, el retrato de las hermanas Alfarache y Osorio vestidas de azul al que aludíamos al principio, y que creemos poder identificar sin duda con el lienzo objeto de nuestro estudio.

Extendámonos ahora en los antecedentes de la familia Alfarache y las circunstancias en que fue pintado el cuadro, así como su posible peripecia posterior. Era don Baltasar de Alfarache un conocido mercader sevillano, muy rico aunque de oscuros orígenes. Casó en primeras nupcias con la mencionada Mariana de Osorio, de familia hidalga aunque pobre, quien le dio dos hijas: Rufina y Ana. Muerta doña Mariana cuando las dos muchachas eran ya adultas, volvió don Baltasar a contraer nupcias –aunque ya frisaba los cincuenta años–, y de nuevo con una hidalga pobre, Teresa Contreras, quien le dio un hijo varón, Fernando. Su insistencia en los casamientos con hidalgas pobres hubo de deberse a un intento deliberado de ennoblecer su descendencia. Largos años litigó don Baltasar por una ejecutoria de hidalguía, igual que otros ricos comerciantes de la época deseosos de ennoblecer. Pero sus intentos viéronse siempre frustrados, lo cual no es de extrañar dados los antecedentes de la familia: don Baltasar no sólo descendía de conversos, sino de penitenciados por la Inquisición.

En efecto, en los archivos de la Inquisición sevillana se conserva el proceso, abierto en 1570, contra la familia San Vicente, compuesta por don Luis San Vicente, su esposa Francisca de Mendoza y sus hijos mayores Felipe y Rosa; se mencionan en el proceso otros hijos menores del matrimonio, que por su corta edad no son investigados. Uno de ellos es Rufina, niña de cinco años y futura abuela de don Baltasar de Alfarache.

Se acusa a los San Vicente de judaizar en secreto y de no guardar las fiestas cristianas. Los testimonios de vecinos y criados de la casa se suceden con la monotonía habitual en estos casos: Pedro Sarmiento, zapatero que vive en la casa frontera a los San Vicente, declara que nunca vió humear la chimenea de la casa en sábado; su mujer, Teresa López, confirma lo dicho por su marido y que nunca vio a la mencionada Francisca de Mendoza ni a su marido en los oficios divinos de Semana Santa, y que faltaban con frecuencia a misa. Otro vecino, de apellido Clemente, declara que un día preguntó las oraciones al hijo de la pareja, Felipe, de diez años (esto sucedió hace cuatro o cinco, precisa), y el niño no sabía el credo y recitaba el padrenuestro de forma diferente a como enseña la Iglesia. Lorenza Cifuentes, vendedora de hilados, dice que un día entró a la casa estando la mesa puesta y, como no viera tocino y otra carne en la olla, preguntó por ello a la dueña de la casa, y que la dicha Francisca de Mendoza le dijo que por estar su marido enfermo y hacerle mal al estómago comían aquel día –que era jueves– de vigilia, pero que otro día pasó lo mismo y la declarante cree que en la casa no comían sino carnero o vaca, y nunca vio ni olió carne salada ni tocino. Especialmente sustanciosa es la declaración de Marta, la criada de la casa: su señor se hace preparar el baño los viernes por la tarde y ese mismo día, tras sus abluciones, se cambia de camisa y se pone una limpia; y preguntado por la criada por qué lo hacía, responde que por penitencia del viernes. La señora enciende luces el viernes y las deja encendidas hasta el día siguiente, y una vez riñó a la criada

216

porque las había apagado. Además, a doña Francisca la llama su marido, cuando están en la intimidad y cree que nadie los oye, Gracia, sin que la criada sepa por qué.

Todos los rasgos apuntan claramente a una familia de criptojudíos, y así lo concluyen los inquisidores: observan el sábado, no comen carne de cerdo y no practican más que convencionalmente la religión católica. En cuanto al nombre usado por doña Francisca en la intimidad familiar, recordemos –aunque el proceso inquisitorial no lo considera finalmente como cargo– que *Gracia* era un nombre no infrecuente entre judíos españoles, quienes traducían así aproximadamente el nombre hebreo de mujer *Haná*. Doña Francisca se hacía llamar, pues, por su nombre judío.

Los San Vicente son relajados al brazo secular, junto con sus dos hijos mayores; los demás, demasiado pequeños para ser tenidos por responsables, es de suponer que se criasen con algún miembro de la familia San Vicente, que era amplia y bien conocida en Sevilla. Rufina San Vicente casa en 1589 con el platero Rafael Sánchez, y un año después nace Luisa Sánchez, madre de nuestro don Baltasar. El enriquecimiento de la familia se debe al ventajoso matrimonio de esta Luisa Sánchez con Andrés de Alfarache, acomodadísimo mercader sevillano.

La historia de los San Vicente, cuyos sambenitos se conservaban colgados en la iglesia de San Félix de la capital sevillana, debía de ser lo suficientemente bien recordada como para impedir a don Baltasar de Alfarache sus repetidos intentos de ennoblecerse a sí mismo o a su descendencia.

Pero otra desdicha vino a sumarse a las amarguras del mercader, y ésta tiene que ver con el cuadro que nos ocupa. Al parecer, lo había pintado Zabala por encargo de la primera esposa de don Baltasar, Mariana de Osorio, puesto que aparece como propiedad de ésta en su testamento, y lo hereda su marido. Tal vez fuese, a su vez, un regalo de algún miembro de la familia Osorio a doña Mariana, quien por otra parte había aportado al matrimonio una dote bastante modesta; de hecho, el cuadro –es decir, una propiedad adquirida muchos años después de la boda– es el objeto más valioso que se menciona en la relación de bienes de su testamento. Las hijas representadas en él debían de andar cerca de los dieciocho años (Rufina, la mayor, que es aquella cuyo retrato se nos ha conservado) y los dieciséis (Ana, cuya figura ha desaparecido del cuadro). Los trajes que vestían en el retrato tal vez fuesen hechos con motivo de alguna ocasión especial, como la boda de un familiar o –más probablemente– las fiestas celebradas con motivo de la visita de Su Majestad Felipe IV a Sevilla en 1650, ya que era costumbre frecuente en la época (incluso entre la más alta nobleza y la familia real) el hacerse retratar con la vestimenta estrenada para grandes ocasiones. Fue precisamente esa visita regia –que duró más de tres meses– la ocasión que produjo la desgracia de una de las muchachas, y posiblemente la posterior mutilación del cuadro.

Lo cuenta don Francisco Beltrán de Argote en su correspondencia con el poeta sevillano Esteban Villegas; en su carta fechada el doce de diciembre de 1650 comenta a su buen amigo las últimas comidillas cortesanas, y entre ellas la siguiente: «Ha hecho mucho ruido en la corte la vuelta del conde de Villamayor [don Gaspar de Cifuentes], el cual aún no hacía tres meses que era casado y en el viaje de Su Majestad a Sevilla hase amancebado públicamente con la hija de un mercader de allá, de dieciséis o diecisiete años. Hala traído a la Corte con gran escándalo, y puesto muy buena casa en la calle del Pez, con gran cuita y lágrimas de su esposa doña Matilde Beltrán de Heredia. Anda la buena señora quejándose a todos del agravio que se le hace y ha suplicado al rey que intervenga en el pleito, por el gran escándalo y afrenta que se hace a tan buena familia como la de los Beltrán de Heredia. Están los hermanos de doña Matilde airados contra el conde, y buscándole para pedirle satisfacción. No se habla de otra cosa en la Corte, y dícese que la tiene ya preñada [a la amante].» Beltrán de Argote tenía buenas razones para estar bien informado, ya que la esposa despreciada era prima lejana suya. Por la respuesta del poeta Villegas sabemos que la seducida era ni más ni menos que doña Ana de Alfarache y que el suceso había asimismo causado gran escándalo en Sevilla, por la personalidad del seductor y lo bien conocida que era la familia Alfarache en la ciudad del Guadalquivir, y con su peculiar retórica barroca añade que «están los padres desconsoladísimos, hechos los ojos Nilos que con el Guadalquivir compiten en caudalosos y grandes, y aun parece que se juntan y unen Nilos y Guadalquivires para con su rumor propalar la deshonra de la casa».

Un año después, doña Rufina de Alfarache ingresaba como novicia en el convento de San Clemente, y se dice que en su repentina vocación tuvo no poco que ver la aversión que le produjo la caída de su hermana; aunque quizás podamos interpretar su profesión religiosa como una auténtica huida de las murmuraciones de la ciudad, que para siempre había hundido la honra de la familia.

Pocos meses después doña Mariana de Osorio huía

también, pero camino de la tumba. Paradójicamente, el legado más valioso que dejaba a su marido era al tiempo una proclamación pública de su deshonra: un retrato de la hija pecadora junto a su hermana mayor.

Podemos aventurar ahora el momento en que, verosímilmente, se produciría la mutilación de nuestro lienzo: sin duda don Baltasar, muerta ya su esposa, quiso conservar el retrato de su hija monja cuando aún estaba en el mundo, pero eliminando el doloroso recuerdo de la muchacha seducida. Sería entonces cuando se recortaría el lienzo, suprimiendo la figura de la doncella de pie. Pero la mano posada sobre el hombro de su hermana no pudo eliminarse, a riesgo de mutilar también la figura de ésta. Ese detalle y el trazo de la firma perdida de Zabala nos ha permitido identificar no sólo al autor, sino también al personaje retratado, y cubrir una laguna en el catálogo de obras perdidas del artista sevillano.

Nada sabemos, por otra parte, del destino de la joven Ana de Alfarache, aunque es de suponer que fuese desdichado. Año y medio después del escándalo, su seductor, el conde de Villamayor, moría tras batirse en duelo con uno de los hermanos de su preterida esposa, doña Matilde Beltrán de Heredia. Doña Ana debió de quedar sola y casi niña, sin protección alguna y —si hemos de creer a Beltrán de Argote— madre jovencísima de un bastardo.

Es completamente descabellada la tesis de Raimund Volk, quien ha querido relacionar a esta doña Ana de Alfarache con la famosa cortesana Gracia de Mendoza, que fue amante del mismo Felipe IV y protegida de la mejor nobleza madrileña, una vez el rey —ya caduco— se hubo hastiado de sus favores. La única relación entre ambas mujeres es que, al parecer, las dos eran sevillanas y que debieron de nacer en torno a 1635. Volk supone nada más y nada menos que, tras la muerte del conde de Villamayor, la jovencísima e inexperta Ana de Alfarache habría logrado seducir al monarca, se habría asentado prósperamente en la Corte y habría adoptado el nombre de Gracia de Mendoza: ¡el de su antepasada condenada por la Inquisición casi un siglo antes!

Aun suponiendo que la hija de don Baltasar de Alfarache tuviera noticia de la existencia y del verdadero nombre de su bisabuela, hubiera sido una muestra de cinismo impensable —según eran los tiempos que corrían— que adoptase precisamente ese nombre marcado para establecerse en la Corte y ejercer el viejo oficio. Doña Gracia de Mendoza no puede tener absolutamente nada que ver con doña Ana de Alfarache, inocente y al parecer bellísima joven cuyo recuerdo parece haberse empecinado en borrar el destino: ni siquiera nos queda una sola imagen de esa belleza que, al parecer, fue capaz de suscitar un sincero amor en el conde de Villamayor. Un amor por el cual su seductor arrostró el escándalo, la reprobación general y aun la misma muerte.

Quién sabe si algún día un afortunado hallazgo nos permitirá saber cuál fue el destino de la joven, del mismo modo que el hallazgo fortuito del cuadro objeto de nuestro estudio nos ha permitido —con los medios científicos a nuestra disposición— reconstruir cabal y verazmente la historia anterior de la muchacha y de su familia.

ÍNDICE